Que a força das Lolas te inspire!

Beijos,

Carol Dias

*Carol Dias*

SÉRIE LOLAS & AGE 17 - PARTE 3

# Nos seus Olhos

1ª Edição

The GiftBox
EDITORA

2020

**Direção Editorial:**    **Ilustração:**
Anastácia Cabo    Thalissa (Ghostalie)
**Gerente Editorial:**    **Revisão:**
Solange Arten    Fernanda C. F de Jesus
**Arte de Capa e diagramação:** Carol Dias

CIP-BRASIL. CATALOGAÇÃO NA PUBLICAÇÃO
SINDICATO NACIONAL DOS EDITORES DE LIVROS, RJ
CAMILA DONIS HARTMANN - BIBLIOTECÁRIA - CRB-7/6472

D531n

Dias, Carol
Nos seus olhos. 1. ed. ; Perdoa. 1. ed. / Carol Dias. -- Rio de Janeiro : The Gift Box, 2020.
186 p.

ISBN 978-65-5636-019-5

1. Ficção. 2. Contos. 3. Literatura infantojuvenil brasileira. I. Título. II. Título: Perdoa.

20-65383    CDD: 808.899282
CDU: 82-93(81)

# ꝖRIMEIRO

*Olho nos seus olhos e sinto que você faz eles brilharem como o astro rei.*
Nos seus olhos - Nando Reis

— Débito ou crédito?

A pergunta me despertou para a realidade. Eu tinha tantas coisas para fazer hoje que, em vez de o meu cérebro acompanhar, ele parecia que tinha parado.

— Débito, por favor.

Ela assentiu e me entregou a máquina para que eu digitasse a senha. Os segundos se passaram e, para minha surpresa, o cartão foi recusado. A atendente me olhou sem graça e eu pedi que tentasse novamente, no crédito. Dessa vez, funcionou. Achei estranho, porque era impossível que eu não tivesse 50 reais no banco para pagar a conta, mas queria resolver logo. Consigo imaginar o Fofocalizando reportando que eu estava falida e não conseguia nem pagar por uns chocolates. Assim que saí da loja, abri o aplicativo do banco no celular e quase caí para trás ao ver meu saldo: eu estava negativada. Não apenas os milhões que deveriam estar ali tinham desaparecido, como todo o valor do meu cheque especial havia sido debitado.

Com as mãos tremendo, caminhei até meu carro, discando para o banco. Quando consegui enfim ser atendida, já estava sentada no banco do motorista.

— Aqui é Monique. Bom dia, em que posso *estar ajudando?*

— Oi, bom dia. Tentei fazer uma compra no débito há poucos minutos e meu cartão foi recusado. Acabei de acessar o aplicativo no celular e consta que estou no cheque especial. O que aconteceu?

— Aguarde um minuto que eu vou *estar verificando*, senhora.

Eu aguardei um, dois, três, cinco, sete minutos. Sete minutos até a mocinha retornar, com aquela musiquinha chata e a propaganda do banco tocando.

— Senhora Bianca, obrigada por aguardar. *Estive verificando* a sua conta e tudo parece normal para nós.

— Normal? Monique, querida, essa minha conta deveria ter, pelo menos, R$500 mil disponíveis. Estou negativada. Como isso pode ser normal?

— Normal, senhora. Hoje pela manhã foi feita uma compra no débito, no valor de 257 mil reais, e logo em seguida uma nova compra no valor de 308.430,00 reais. Essa última utilizou seu saldo do cheque especial. Também consta aqui uma retirada da sua conta poupança. Na verdade, sua conta poupança foi zerada hoje pela manhã.

— Mas eu não fiz essas compras!

— Tem certeza de que não foi a senhora? Disse que tentou comprar no débito há poucos minutos. Não fez isso mais cedo também?

— Não! Quem gastaria toda essa grana de uma vez?

— A senhora não deu seu cartão para algum familiar? Não recomendamos tal operação, mas sabemos que é uma atitude cotidiana.

— Não, nenhum familiar meu usou os cartões. O banco não deveria me ligar para confirmar, em caso de um débito tão grande?

— Sim, senhora, esse é o procedimento padrão. Aqui no sistema consta que um atendente entrou em contato com a senhora, minutos antes de a primeira compra ser autorizada.

— É impossível que tenham me ligado. Isso só pode ter sido algum erro no sistema de vocês.

— Sinto muito, senhora, mas nenhum problema foi detectado em nossos sistemas.

— Amiga, com todas essas retiradas que você citou, como pode não haver um problema no seu sistema?

— Novamente, sinto muito, senhora. Há algo mais que eu poderia *estar fazendo* para atendê-la?

— Você não resolveu meu problema. Não é possível que vocês achem que zerei minha conta poupança e minha conta corrente em uma manhã.

— Eu sinto muito mesmo, senhora; mas, pelo seu histórico, a senhora costuma comprar coisas caras, então tal operação não é estranha para nós. Está dentro do seu padrão de movimentação. Se não há mais nada em que eu *possa estar ajudando*, peço que aguarde na linha e avalie o meu atendimento. Tenha um bom dia!

Não consegui acreditar que aquilo estava acontecendo. Primeiro, minhas contas zeradas. Segundo, um atendimento de merda daqueles. Desisti de tentar falar ao telefone. Conectei o celular no carro e comecei a ligar para o meu irmão. Ao mesmo tempo, saí com o carro em direção à minha agência bancária.

— Eu tô muito, muito enrolado, mas fala — atendeu.

— Fê, você usou dinheiro da minha conta hoje?

— Não. Eu não uso a sua conta, nunca. Nós temos uma conta familiar para isso. O que houve?

— Rasparam minha conta poupança e me deixaram no cheque especial. A atendente idiota acha que fui eu ou alguém da família.

— É a coisa mais estúpida que eu já ouvi, Bia.

— Também acho. Estou indo na agência. Só queria confirmar.

— Ok, preciso desligar. Mantenha-me informado.

Meu irmão é contador. Lembro que, quando éramos crianças, ele fazia contas de cabeça com uma facilidade tão impressionante que chocava qualquer adulto. Com sete anos, Fernando sabia a tabuada de frente para trás e de trás para frente. Eu, em compensação, só fui decorar, com muita dificuldade, um ano mais velha que isso. Quando ele decidiu ser contador, tudo fez sentido para mim, mesmo que a nossa família o visse como engenheiro, por anos.

Ele era responsável por tomar todas as decisões relacionadas ao dinheiro que eu ganhava. Foi quem decidiu abrir uma conta conjunta para a família, da qual meus pais tiravam dinheiro e ele também, quando necessário. Eu tinha uma conta em um banco diferente, para tudo o que ganhava na carreira, e por ela Fernando cuidava de alguns investimentos para fazer minha grana render. A conta que tinha sido esvaziada era para meus gastos pessoais. Não posso nem imaginar o que seria de mim se algo desse tipo tivesse acontecido na minha conta principal. É o dinheiro da minha vida.

Cheguei à agência para clientes exclusivos e uma funcionária veio logo me atender. Torci para que ela não se chamasse Monique, porque eu era capaz de voar na mulher, mesmo sabendo não ser a mesma pessoa.

Felizmente, havia apenas dois clientes; um que estava sendo atendido pelo gerente, e outro que estava sentado na sala de espera para onde fui direcionada. Ele nem sequer me encarou quando entrei, então dispensei o mesmo tratamento a ele. Era jovem e parecia bonito, mas não perdi tempo encarando-o. Ainda estava muito estressada para ficar admirando belezas alheias.

Foi só eu sentar para que meu telefone tocasse. Era Pedrinho, da ONG que eu ajudava.

— Ei, Bianca, pode falar agora? — Quando concordei, ele continuou: — Queria saber se está tudo certo com aquele projeto que eu te falei.

— Sim, está. Pedi para o Fernando mandar um cheque para vocês. Não chegou?

— Então, fomos hoje lá sacar e o cheque voltou.

Putz, eu sabia exatamente o porquê. Tinha pedido para que Fernando tirasse esse dinheiro para a ONG da minha conta pessoal. Se foram hoje sacar, não havia dinheiro para ser retirado.

— Pedrinho, foi mal, já sei o que houve. Tive um problema com o banco e estou aqui para tentar resolver. Passe os dados da ONG para o meu irmão, que eu vou pedir a ele para fazer uma transferência para vocês.

— Obrigado, Bianca. E peço desculpas por incomodar.

— Nada. Como está nossa garota Alana?

Alana é uma das alunas mais antigas da ONG. Ela é uma nadadora superdedicada e extremamente talentosa. Tanto que foi convocada para a seleção brasileira, pela primeira vez, para o Mundial sub-20. Fiz o que pude para ajudar a menina nesse caminho: comprei uniforme de treino, banquei viagens para competições e aluguei a piscina do Centro de Treinamento quando a verba de Pedro não podia. Acabei criando certa conexão com ela.

— Voando. O pai foi com ela e vive me mandando vídeo dos treinamentos. Vou mandar no seu WhatsApp — ele fez uma pequena pausa.

— Não vou segurar mais seu tempo, Bianca. Mais uma vez, obrigado por acreditar e apoiar a gente.

— Nada. Ainda converso com o pessoal do clube sobre a Alana. *Me* mande mesmo esses vídeos, que eu vou mostrar a eles quando for lá de novo, tenho uma sessão de fotos amanhã. Se cuide, Pedrinho. E cuide da minha molecada.

Eu tinha uma parceria única com o Bastião Esporte Clube, considerado por muitos o segundo maior time de futebol do Rio de Janeiro, nos dias atuais. Para mim, ele estava em primeiro lugar, porque era meu time do coração. Além de uma estrutura incrível para o futebol, tinham montado recentemente um Centro de Treinamento para outros esportes e estavam contratando atletas. Já tinha falado de Alana, mas eles a achavam muito jovem, 17 anos. Queriam atletas com mais de 20. Mas eu não ia desistir.

Mandei mensagem para o meu irmão, sobre a ligação do Pedrinho, troquei outras mensagens de trabalho pelo WhatsApp, rolei o *feed* do Instagram e comentei em algumas publicações. Passei uma hora sentada naquela poltrona, e nem eu nem o rapaz que esperava atendimento fomos chamados.

— Que droga — murmurei. — Uma hora, já…

Não tinha dito para chamar atenção ou puxar conversa, mas senti os olhos dele em cima de mim.

— Uma hora e vinte — reclamou também.

O primeiro impacto veio diretamente do olhar. Não por ser de um azul cristalino que hipnotizaria qualquer ser humano, mas pela força. A intensidade.

Arrepiou meus pelos do corpo todo. Todo mesmo.

Forcei o olhar, porque ele tinha um rosto conhecido, mas não conseguia me lembrar de onde. Deixei para lá quando continuou a falar.

— A vontade é desistir, mas desse jeito eles ficariam com todo o meu dinheiro.

Uma risada sem nenhum pingo de humor escapou.

— Alguma coisa aconteceu, porque surgiram débitos estranhos na minha conta, hoje de manhã. Débitos que limparam a minha conta corrente e a poupança.

Dessa vez, quem riu sem humor nenhum foi ele.

— Bom, então somos dois. Acabei de receber uma grana estratosférica pelo contrato novo que assinei. Ontem estava na conta, hoje desapareceu.

— Ah, Monique filha da puta! — xinguei, sem nem pensar duas vezes.

— Liguei para o atendimento, e a tal da *Monique* disse que as transações que tinham acontecido na conta eram movimentações normais para o meu padrão. Quem gasta mais de 500 mil em uma manhã?

— Olha… Conheço algumas pessoas que não têm nenhum cuidado com dinheiro… Mas, se não foi você quem fez…

Continuamos conversando e xingando o banco como podíamos. Eu poderia achar que era culpa minha, se apenas eu tivesse passado por tal problema, mas não. Esse cara estava passando pelo mesmo que eu. O banco teria que dar conta disso e resolver meu problema. Depois de cerca de meia hora xingando juntos e reclamando do banco, alguém apareceu para nos dar satisfação. Era o gerente, que trazia no rosto a aflição por toda a situação.

— Senhores, boa tarde. Sinto muito por fazê-los esperar. Gostariam de uma água, um café? — Negamos, e ele prosseguiu. Queria meu dinheiro de volta, não a droga de uma bebida. — Acredito que estejam aqui para falar sobre a situação com suas contas, que ocorreu hoje pela manhã. — Ele respirou fundo. — *Eu* sinto muito, o banco sente muito. Estamos investigando o que aconteceu, mas os senhores terão suas contas reestabelecidas dentro de duas horas. Sentimos muito pelo inconveniente…

O gerente continuou falando e pedindo desculpas, informou que nos recompensaria pelo transtorno, mas o homem que aguardava comigo — e de quem eu não sabia o nome — não estava com paciência. Logo, sacou o celular e abriu o Instagram.

— Olha, eu odeio fazer este tipo de coisa, mas eu vou me sentar aqui, com meu Instagram aberto, esperando esse problema ser resolvido. Quando meu dinheiro voltar para a minha conta, vou gravar uns *stories* falando sobre o assunto. Posso dizer que fui superbem tratado e que tudo foi resolvido, ou posso dizer que este banco é uma bosta. Vai depender de o meu dinheiro voltar para o lugar de onde não deveria ter saído, em cinco minutos ou em duas horas. — Então, ele olhou para mim. — Quer dizer… o meu dinheiro e o da moça. Tratamento igual para quem tem 400 ou 400 mil seguidores.

Deixei que o gerente se afastasse, apressado, e puxei o celular do bolso antes de mostrar a ele a minha própria conta. Não que o fato de ele pensar que eu tinha poucos seguidores havia me ofendido. Só para mostrar que estávamos no mesmo barco.

— Na verdade, são oito milhões de seguidores.

Ele me olhou imediatamente.

— Ok, você é famosa. Desculpe. Passei tempo demais fora do Brasil, retornei agora. Não conheço mais nada nem ninguém da mídia.

— Bianca Moraes — disse e estendi a mão para ele, que a sacudiu. — Faço parte de uma *girlband* chamada Lolas.

— Acho que já ouvi falar. Minha irmã me visitou na Europa uma vez, e vocês fizeram show lá. Ela me largou e foi ao show.

Não consegui evitar o sorriso.

— Bom, não posso reclamar dos fãs da banda. Eles são todos incríveis. Mas, para ter 400 mil seguidores, você também deve ser famoso.

— Alexandre Franz. — Foi a vez de ele me estender a mão e sacudirmos novamente. Um risinho escapou dos meus lábios. — Eu sou jogador de futebol, retornei agora ao Brasil.

— Uau, que bacana! Onde você jogava?

— Na Alemanha. Fiquei anos por lá, na verdade. Saí do Brasil com 17 anos, tenho 26. Toda a minha carreira foi feita na Europa, poucos brasileiros me conhecem. Ainda mais se não gostarem de esportes.

— Bom, esse é o segundo julgamento que você fez sobre mim, nas poucas horas em que nos conhecemos — apontei. Alexandre, por outro lado, riu, mas não negou. — Eu amo esportes. Só não tenho tanto tempo para acompanhar o futebol europeu quanto gostaria. Para qual clube você vai jogar?

— Ainda não fui anunciado, então não conte aos seus oito milhões de seguidores, por favor. — Depois de receber um aceno meu, ele continuou: — Vou jogar pelo Bastião.

# Segundo

*É que eu só jogo sério, não entro em cama só por brincadeira. Eu sou o cara que seu
ex vai odiar, sua mãe vai amar e você nunca vai esquecer. E depois que a gente se beijar, de quinta a quinta vai pedir pra mim o TBT.*
Sua mãe vai me amar - Turma do Pagode

Não foi preciso usar os *stories* do Instagram para resolver nosso problema com o banco. Depois de vinte minutos, Alexandre foi chamado lá
dentro. Cavalheiro, ele pediu que eu fosse atendida primeiro e, pensando na
minha agenda lotada para aquele dia, aceitei. Levei dez minutos na sala do
gerente, que só queria me garantir que minha conta havia sido reestabeleci-
da, após um ataque de *hackers* ao banco, e que meu dinheiro estava no lugar
de onde nunca deveria ter saído. Pediu um milhão de desculpas, e eu abri
uma reclamação contra a atendente. Não queria prejudicar o emprego dela,
mas, dessa forma, o banco poderia perder clientes algum dia.

— Foi um prazer conhecê-lo — disse para Alexandre quando saí da
sala. Caminhamos um na direção do outro. — Muita sorte no novo emprego.

Tinha dito que torcia pelo Bastião e demonstrado minha empolgação
pela nova contratação, mas não quis dizer nada naquele momento, por
conta do gerente atrás de mim. Mas pareceu ter sido suficiente para ele,
que sorriu e assentiu.

— O prazer foi meu. — Trocamos dois beijinhos. — Seu problema
foi resolvido?

— Sim, agora vá lá resolver o seu. Nós nos vemos por aí.

Voltei para o carro e finalizei a longa agenda que tinha naquele dia.
As Lolas retornavam, com tudo, de uma breve pausa para Thainá e Ester
se cuidarem, e, apesar de Raíssa ser uma idiota, eu continuava trabalhando
pesado. A banda não era minha única responsabilidade na vida. Já que ganhei alguma notoriedade pela minha música, havia outras coisas às quais eu
gostava de me dedicar para retribuir tudo o que eu recebia.

Apoiar ONGs era uma forma de fazer isso. Não só essa de esportes, mas eu também ajudava uma de música para moradores de periferias. Aproveitei o tempo vago nos últimos meses para fazer muitas visitas aos dois locais, ajudando como podia. Até mesmo dei algumas aulas no coral, em uma, e conduzi treinos físicos na outra. Agora, com o retorno da banda, o tempo ficaria mais escasso; afinal, são muitas as nossas viagens.

Naquela noite, quando cheguei em casa, vi a notícia de que o Bastião tinha assinado com Alex, novo camisa 8 do time. Pelo visto, já havia rumores, mas a confirmação veio efetivamente naquela tarde. A numeração estava disponível desde que o último jogador que ocupava aquela vaga tinha deixado o clube, e o reserva atuava enquanto não era feita uma nova contratação. Alex estava inscrito na competição e pronto para estrear a qualquer momento. Sabia que não seria naquele dia, pois o tinha visto no banco mais cedo, e o jogo era no interior da cidade. Assisti à partida, que garantiu mais uma vitória no campeonato.

No dia seguinte, fui à sede do clube para uma sessão de fotos. O novo uniforme do Bastião, para 2019, seria divulgado nas próximas semanas, e como sou torcedora fanática e declarada, fui convidada para fazer as fotos promocionais. Meu telefone tocou bem quando eu estacionei.

— Onde você está? — Roger questionou.

— No estacionamento do Bastião, para aquelas fotos. Por quê?

— Foi sozinha? A gente não combinou que eu mandaria a Mônica com você?

— Ah, isso aqui é moleza, chefe. Não precisava.

— Mas não gosto que vocês andem sem a gente. Essas empresas andam muito abusadas, e precisamos defender os interesses de vocês. Vou ver se a Mônica consegue correr para te encontrar. Quero contratar um assistente para cada, em breve. Vocês precisam.

— Para nós quatro, né, chefinho? Sua favorita já tem alguém para cuidar dela.

— Bianca… Não seja assim. Não arrume confusão com a Raíssa, sem precisar — alertou.

— Foi ela quem começou essa confusão, mas enfim. Preciso ir, para não atrasar a sessão. Ligo quando sair daqui. Não mande Mônica, não vou precisar dela. Beijos!

Desliguei o telefone e saí do carro em direção à recepção. Mal disse oi para a mocinha que recebia todo mundo quando Marcos, do Marketing, me encontrou.

— Nossa garota de ouro chegou! — cumprimentou-me. — Como está? Foi tudo bem?

— Estou bem, Marcos. E você? É bom vê-lo.

— Montamos um camarim exclusivo para você hoje…

— Ah, mas que chique! — comentei, cortando-o.

— Vou levar você até lá — respondeu, rindo. — A equipe de maquiagem já está esperando.

Caminhamos até uma das salas do clube, que estava totalmente equipada. Havia pessoas para maquiagem, cabelo, roupa… Sentei-me em uma das cadeiras e eles me prepararam em tempo recorde. Não era preciso ter algo extravagante, make pesada, nada do tipo. Não era uma sessão glamourosa. Mesmo assim, precisavam disfarçar algumas olheiras que eu tinha, imperfeições da pele… Eles eram bons e fizeram tudo muito rapidamente. Quando vesti o novo uniforme do clube, senti meu coração bater mais forte.

Era incrível o quanto as coisas que envolviam nossas paixões mexiam conosco de forma diferente. Encontrar um ídolo da música ou do cinema, aquela pessoa que você admira… Vestir a camisa do meu clube do coração, para representá-lo, mesmo que fosse apenas em uma campanha publicitária, era algo muito difícil de explicar, definir em palavras.

— Você está pronta — disse o cabeleireiro, que mexia em alguns fios do rabo de cavalo. — Nós estaremos por perto, se precisar da gente. Quer mexer em alguma coisa?

— Não, eu amei o que vocês fizeram.

— Então, vamos levar você até lá.

Ele me direcionou até outra sala, que estava toda equipada com os materiais de fotografia. Luzes, fundo branco, uma mesa cheia de acessórios. O fotógrafo me direcionou para o que ele queria, poses e feições. Depois, ele me avisou que traria o jogador para fazer par comigo. Qual não foi a minha surpresa quando Alexandre Franz pisou na sala!

— Ei, oito milhões de seguidores! — Sorrindo, aproximou-se de mim. — Não me dei conta de que você era a estrela pop que viria a ser minha parceira de fotos.

Nós nos abraçamos brevemente.

— Nem eu tinha me dado conta de que você seria o jogador do Bastião que estaria na sessão comigo.

— Ótimo, ótimo. Vocês já se conhecem — comentou o fotógrafo. — Vamos começar as imagens.

Perdi a noção do tempo. A sessão de fotos foi divertida e fácil. Alexandre virou Alex, depois de 10 minutos. Quando ele comentou que seria jogador do Bastião, lá no banco, eu até pensei que, se estivesse no lugar dos dirigentes, usaria a imagem da próxima promessa do time para as fotos de divulgação, mas lembrei que ele não era tão conhecido assim dos torcedores brasileiros, então a dúvida foi plantada.

Só que a beleza dele… valeria a pena. O uniforme ficava ainda mais bonito no seu corpo, o que faria homens e mulheres levarem a peça.

— Alexandre, obrigado. Terminamos com você. Bianca, vamos fazer uma pausa — pediu o fotógrafo. — Preciso fazer algumas alterações no posicionamento das luzes. Que tal ir almoçar? Quando retornarmos, faremos as últimas fotos. Tudo bem?

Assentindo, caminhei até a porta, onde Alex estava parado, encarando-me.

— Será que você me daria a honra de te levar para almoçar hoje? — perguntou ao sairmos da sala.

— Claro! Você espera eu tirar o uniforme?

— Bom… Apesar de querer levar você a um lugar bacana, nosso almoço hoje terá que ser aqui no refeitório do clube.

Encarei-o de imediato, tentando entender se falava sério.

— Puxa vida, você realmente sabe fazer uma garota se sentir especial.

— Romance não é bem o meu forte, mas eu me esforço para oferecer sempre uma experiência única para minha parceira — disse, o deboche e a malícia escorrendo de suas palavras.

— Faça o seu melhor, então, *jogador*.

Ele colocou a mão na base da minha coluna, direcionando-me ao restaurante. Lá, outros jogadores da equipe almoçavam, incluindo alguns das categorias de base. Encontrei Rodrigão, um dos amigos que fiz nas minhas vindas ao clube. Ele é o goleiro reserva.

— Ei, garota! — Beijou meu rosto, e senti Alex se afastar de mim. — Fotos com o manto novo hoje?

— Já volto — disse Alex.

— Sim… Fiz de manhã, e tenho mais algumas agora à tarde.

— Finalmente, colocaram você como rosto desse time.

— Já estava passando da hora mesmo. Olhe… — Virei-me, mostrando o nome escrito nas minhas costas. — Até meu nome eles escreveram na camisa.

— E o cara novo? Já está dando em cima de você?

Meus olhos, imediatamente, procuraram por Alex, que começou a arrastar uma mesa no canto do restaurante.

— Nós nos vimos duas vezes: ontem, no banco, e hoje aqui. Ele é um cara legal.

— Cara legal que quer te comer, tenho certeza disso.

Dei de ombros, porque não queria falar sobre isso.

— Tudo bem, eu entendo. Sou mesmo gostosa pra caramba.

O goleiro não aguentou e riu. Logo, ouvi Alex se aproximar.

— Rodrigão, cara, com licença, mas essa gata vai almoçar comigo hoje.

Pisquei para o meu amigo, acenando em despedida. Olhando para a direção onde ele me guiava, vi que a mesa estava mesmo posta para dois, com jogos americanos do Bastião, um de cada lado, talheres e copos.

— Onde você conseguiu essas coisas, em menos de dez segundos?

— Há certas coisas que a gente precisa fazer quando chega a uma nova empresa. Ter um bom relacionamento com os outros ajuda de muitas formas. Ontem, depois do banco, eu passei aqui no clube para conhecer as pessoas. Primeiro fiz alguns exames, depois passei em vários setores para me apresentar. A cozinha foi um deles. Fiz amizade com o pessoal que trabalha ali e, enquanto conversava, vi que havia alguns jogos americanos com o escudo do time. Perguntei se eram usados, mas disseram que só em dias específicos. — Chegamos aos nossos lugares e ele puxou a cadeira para mim. — Achei que sua presença aqui deveria ser um dia específico. — E continuou quando eu estava acomodada: — Hoje, o almoço é frango com molho, arroz integral, feijão e salada de legumes. A senhorita deseja prato de miss ou de pedreiro?

Não consegui evitar a risada. Era incrível o que o bom humor de alguém poderia fazer pela pessoa.

— Por favor, encontre o meio-termo entre os dois e capriche no molho. Obrigada.

— Só um segundo.

Não demorou para retornar com os pratos que fez no bufê, perguntando-me o que eu gostaria de beber. Acompanhei seus passos, enquanto brincava com um jogador que passava por ele e servia nosso almoço. Nunca, nem nos meus mais confusos sonhos, tinha imaginado algo assim.

— Pronto, senhorita. Trarei sua sobremesa ao final. — Logo, ele se sentou de frente para mim. — Consegui fazer você se sentir especial?

— Talvez. — Dei de ombros, fazendo-me de difícil. — Qual a sua intenção com isso tudo?

— Depois de todos os pré-julgamentos de ontem, eu meio que queria causar uma boa impressão, acho.

— Causou. Seu esforço foi percebido.

— Ótimo. Assim você não vai pensar que todos os jogadores de futebol são idiotas.

— E por que tanto interesse em causar uma boa impressão? O que você ganha com isso?

— Uma amiga com oito milhões de seguidores, talvez? Passei muitos anos na Alemanha, é a primeira vez que moro no Rio de Janeiro, não conheço muita gente. Seria bom fazer novos amigos. — Ele tomou um gole do suco. — Ou algo mais.

Se houve dúvida, em algum momento, sobre as intenções do homem à minha frente, ela desapareceu no momento em que disse tais palavras. Eu sabia exatamente o que era esse algo a mais, bem quando meu olhar repousou nos seus olhos pela primeira vez. Principalmente porque o que vi ali esteve refletido também nos meus.

— Eu bem sabia que você só estava interessado em roubar meus seguidores. Mas saiba que não será assim tão fácil, viu? Tenho seguidores muito fiéis, que procuro manter e só dividir com alguém que valha a pena. Não é qualquer um que pode chegar aqui e tentar pegar meus seguidores. Fique sabendo.

— Não acho que você tenha falado apenas sobre seguidores nesse discurso.

— Não falei. Para bom entendedor, meia palavra basta.

Com um olhar penetrante, ele pegou na minha mão. Deixou-a aberta na frente do seu rosto e segurou meu dedo mindinho. Antes de começar a falar, beijou-o delicadamente.

— Entendo que seus seguidores sejam muito fiéis e que não queira dividi-los. — Trocou para o dedo anelar e beijou-o também. — Mas eu prometo que valho a pena. — Fez o mesmo com o dedo do meio. — Vou cuidar de cada um deles com muito afinco, atenção. — Beijou o indicador. — Vou entretê-los de todas as formas possíveis, esforçando-me ao máximo. — Finalizou no dedão. — Não vou usar seus seguidores, depois jogar fora. Antes que nossa relação termine, eles estarão completamente satisfeitos por terem concordado em me seguir.

— Pensarei no seu caso.

— Não pense muito. — Alex entrelaçou os dedos nos meus. — Tenho certeza de que será uma pena, para os seus *seguidores*, não poderem dividir esse momento comigo. — Dando uma piscadinha marota, encerrou o assunto. — Mas, me diga: como surgiu o seu amor pelo Bastião?

Passei os próximos vinte minutos contando a ele os detalhes de como cresci em uma casa apaixonada por futebol e o tanto que isso foi importante para o meu relacionamento com meu pai. Meu irmão Fernando era seu companheiro de torcida, e tudo o que ele e papai sabiam conversar era sobre futebol. Para não me sentir excluída naquela relação, aprendi tudo o que podia. Inclusive a jogar.

Acabei me apaixonando também por outros esportes, como natação e vôlei. Com o tempo, eu poderia torcer por qualquer coisa. Até mesmo disputas das categorias com menos de dez anos, em determinadas modalidades, eu saía para assistir.

O figurinista responsável por mim veio até o restaurante e pediu desculpas por interromper, mas ele precisava de mim para dar continuidade nas fotos. O que fazia sentido, já que conversamos por quase uma hora, sobre esportes como um todo.

Troquei a roupa que vestia pelo uniforme de basquete do Bastião. Ainda pela manhã, tirei fotos usando as três opções do time de futebol, mas agora à tarde eles queriam tentar os demais esportes. Foi mais rápido e dinâmico, mas tenho de admitir que senti falta do corpo de Alex próximo ao meu. Ele era divertido, fazia o tempo passar mais rápido.

Nunca me envolvi com nenhum dos caras do Bastião, até mesmo com os jogadores de outros times que tinha encontrado em festas. Eles levavam

Carol Dias

o tipo de vida que nunca combinaria com a minha, em um relacionamento sério. Os poucos que fiquei, de outros clubes, foram por meio de um acordo: um caso de uma noite só, sem planos para o dia seguinte, completamente fora da cobertura da mídia.

O problema de fazer isso com alguém do meu time do coração era que eu era visitante frequente do CT e dos estádios. Nós continuaríamos nos vendo, e a possibilidade de alguma merda acontecer era muito grande. Era importante que eu fosse cautelosa. Fui por todo esse tempo e deveria continuar a ser.

Mas, com Alex, eu estava seriamente tentada a jogar toda a cautela pelos ares.

— Roger, terminei aqui — avisei, logo que me atendeu. Estava no estacionamento do clube. — Qual é a minha agenda?

— Vá descansar, garota. Aproveite os últimos dias sem turnê.

— Tenho tanta coisa para fazer que descansar será minha última atividade, já que você não precisa de mim.

Nós nos despedimos e eu caminhei até o meu carro. Ao chegar, havia um corpo encostado nele. Um corpo alto, bonito e sensual.

— Preciso de algo que só você pode me dar — disse, quando eu estava a poucos metros.

— E o que seria isso? — questionei, caminhando para a porta do motorista.

— Uma carona. — Dando um sorriso largo, ele se encaminhou para a outra porta. — Acabei de chegar a esta cidade e ainda estou sem carro.

— A sua aproximação tem a ver com aquilo que você falou? A importância de ter bons relacionamentos?

— Ah, não... Minha aproximação de você tem um caráter bem diferente dos relacionamentos que construo ao chegar a um emprego novo.

— Ah, é? Diferente como? — Destravei a porta do carro e abri a minha.

— Não planejo beijar a boca de ninguém que trabalha no Bastião.

— Ah, a minha boca você planeja beijar?

Ele deu de ombros enquanto entrávamos no carro.

— Se der tudo certo, farei isso ainda hoje, antes de chegar à Barra da Tijuca. Quer saber? Que se dane.

— Vamos ver se essa experiência única, que você se esforça para oferecer à sua parceira, vale mesmo a pena.

— Só se for agora.

Alexandre não perdeu tempo e puxou meu rosto na sua direção, dando-me um beijo que eu não sabia que queria, mas que meu corpo parecia precisar intensamente. Curiosamente, mais de meia hora depois, quando nós dois entramos às pressas no meu apartamento, ele parecia saber exatamente que outros lugares do meu corpo precisavam da sua boca.

# ᴛᴇʀᴄᴇɪʀᴏ

*Mas só de ouvir a sua voz eu já me sinto bem.*
Só por uma noite - Charlie Brown Jr.

— Ajude aqui! Ajude aqui! — entrei correndo no camarim, indo em direção à Elaine, nossa figurinista. Tentava tirar o fone e abrir o zíper da roupa ao mesmo tempo, mas não consegui nenhum dos dois.

— Calma, o que houve? — Ela soltou o fecho, e eu finalmente consegui arrancar o fone.

— Banheiro!

Corri em direção à porta da alegria, como se não houvesse amanhã. É incrível que, quando você está com vontade de fazer xixi, fica mais difícil de segurar a cada centímetro mais perto que se fica do banheiro. Quando minha necessidade havia sido atendida, retornei sem pressa ao camarim.

Tínhamos o costume de nos dividir em duas salas, durante todas as noites da turnê. A menos que a casa de shows não dispusesse dos espaços; nesses casos, nós nos aglomerávamos em apenas um. Depois da briga com Raíssa, essa divisão ditava como seria o meu humor na noite que viria. Para o meu azar, fui colocada junto de Raíssa. Paula estava lá, mas o problema mesmo era a outra integrante.

As duas viviam em um constante pé de guerra, e parecia que nossa equipe não entendia que colocá-las presas no mesmo quarto era a pior ideia possível. A Rai ter sido tão pouco empática com as necessidades das meninas machucou a todas nós, mas, de forma especial, feriu a Paula. Ela se sentia culpada por tudo que as Lolas teriam que enfrentar, já que qualquer pessoa com um cérebro sabia o quanto uma gravidez podia limitar uma mulher.

Mas a verdade é que estávamos fazendo aquela turnê como se fosse a última. Quando as datas chegassem ao fim, nós nos sentaríamos para rever tudo, já que o bebê da Paula estaria conosco. E eu realmente não sabia se haveria banda depois de todos esses meses.

*Carol Dias*

— Roger achou melhor que vocês estivessem vestidas para o próximo show. Parece que vamos chegar em um horário apertado lá.

Depois de concordar, comecei a me despir e pegar as próximas peças. Era normal que tivéssemos dois ou três figurinos iguais de cada um da turnê, para os dias em que fizéssemos mais de uma apresentação. Paula estava pegando as dela também, mas puxou um vestido e derrubou outros cinco. Antes que se abaixasse, eu me adiantei.

— Não, amiga. Pode deixar. Não se abaixe, não.

Peguei o que tinha caído e estendi para ela.

— Paula perdeu a mão, foi? — comentou Rai, ao se aproximar para pegar as próprias roupas. — Não pode abaixar para pegar uma blusinha.

Rolei os olhos, porque a infantilidade começaria.

— É que ela amarrou uma bola na barriga, e alguém precisa se abaixar, de tempos em tempos, para ir assoprando, até que cresça e pareça que ela está grávida.

— Vocês estão com tanta frescura que essa criança já vai nascer mimada.

— Melhor do que você, que está prestes a se engasgar com seu próprio veneno — Paula respondeu na mesma moeda. Às vezes, você quer defender uma amiga, mas precisa aprender também que as pessoas possuem voz própria.

— Meninas, vamos? Temos 35 minutos para sair. O camarim ao lado já está quase pronto — Ju, a maquiadora, avisou.

Para não perdermos tempo, engoli qualquer outra discussão que gostaria de ter com Raíssa e comecei a me vestir. O pessoal da equipe me ajudou a fechar a roupa, e rapidamente sentei-me na cadeira de maquiagem. Em pouco tempo, eu estava pronta para o round 2.

Na van, Raíssa se sentou com os fones de ouvido, afastada de todas nós, no último banco. No primeiro, estavam Ester e Thainá. Eu me sentei na poltrona solitária à direita, de onde poderia ver tanto as meninas da frente quanto Paula na mesma que eu, e a loba solitária nos fundos. Fiquei observando cada uma. A dupla conversava com outros membros da nossa equipe, de forma leve e descontraída. Já a grávida parecia preocupada com algo. Olhava pela janela, mas eu podia ver um milhão de situações rondando sua cabeça.

Aproveitei os poucos minutos de paz que tive ali dentro para checar meu telefone. Das várias mensagens no meu WhatsApp, nenhuma era a que meu subconsciente queria ver. Sim, o subconsciente. Eu tinha consciência de que não deveria esperar nenhum "oi" de Alexandre. Nós nos encontramos, tiramos umas fotos juntos, transamos e acabou. Ninguém prometeu nada. Nem sei se realmente quero alguma promessa. Ele é um jogador de futebol, e eu não sou nenhuma Maria-chuteira. Não tenho tempo para ficar atrás de homem, assim.

É por isso que essa vontade de ver uma mensagem específica era coisa do meu subconsciente. Aquela parte do meu cérebro que sente calor só de pensar na intensidade com que seus olhos me admiraram.

Eu deveria ter dado o número errado do meu telefone. Pelo menos, assim não passaria por essa agonia de esperar por uma mensagem que nunca chegaria, afinal.

Argh, por que o cérebro humano é tão complexo? De mulher para mulher: supere, garota!

Bem quando a van parou e eu achei que tinha superado a ideia de receber uma mensagem de texto, meu telefone tocou.

— Meninas, por favor, me sigam — pediu Vera, nossa assistente de produção.

Logo que desci da van, deixei que todos passassem à minha frente, para que eu pudesse atender.

— Oi? — disse, em tom de pergunta. Estava meio insegura do que falar.

— Atrapalho? — A voz dele soava a coisa mais sexy que já ouvi em dias. Ter crush em alguém é uma merda mesmo.

— Estou chegando ao lugar do meu próximo show, devo ter apenas uns cinco minutos.

— Nossa… São quase meia-noite de uma quinta-feira. Achei que estaria em casa.

— Longe disso...

— Mas, como as pessoas com empregos regulares trabalham nas sextas-feiras, depois de curtirem o show de vocês até tarde?

— O segundo show é uma festa de formatura. Não acho que os envolvidos estão preocupados com o dia seguinte.

— Ah, faz sentido… — respondeu, pensativo. — Não vou atrapalhar você. Só queria saber se tinha assistido ao jogo do Bastião hoje; mas, pelo visto, não.

— Não deu, eu estava trabalhando.

— Tudo bem. Se você me ligar depois que acabar seu show, prometo te contar em detalhes como foi.

— Mas vai ser quase duas da manhã quando eu descer do palco.

— Não tem problema. Amanhã eu estou de folga.

— Então, ok; ligo quando terminar aqui.

— Vou esperar ansioso.

Desliguei o telefone e segui para o camarim. Dessa vez, havia apenas um. Mas tudo bem, porque estávamos prontas. Fizemos os últimos retoques e recebemos 20 fãs lá dentro. Quando saíram, era hora de subir ao palco. Fomos "microfonadas" e fizemos aquecimento. Geralmente, nos nossos shows, levamos um grupo de bailarinos e uma banda. Nosso próprio palco viajava com a gente, bem ao estilo de produção gringa. Mas não era sempre assim. Se o cachê fosse bom, nós nos adequávamos à situação. Nesse, tivemos que escolher. Conseguimos um espaço bem reduzido para a banda, mas não haveria palco completo nem nenhuma dançarina. As dançarinas seríamos nós.

Ao subirmos, pensei que, talvez, tivesse sido melhor nem ter trazido a banda. Tínhamos pouquíssimo espaço para nós, para as coreografias. Não era a nossa primeira vez em uma situação dessas, mas era a primeira em que o relacionamento entre nós estava estranho. Naquela noite em específico, alguma coisa estava acontecendo com a Paula, porque ela errou todas as coreografias do show. Acabou nos atrapalhando em algumas delas, mas todas contornamos a situação da melhor maneira possível, com exceção de Raíssa.

Quando finalizamos e entramos no camarim, a coisa piorou ainda mais. Com lágrimas nos olhos, Paula pediu nossa atenção. Elaine me ajudava a tirar o figurino.

— Meninas, peço desculpas por hoje. Não sei o que aconteceu, mas consegui errar todas as coreografias e algumas das entradas nas músicas. Sinto muito.

— Ainda bem que você reconhece, porque olha... Foi péssimo, Paula — despejou Raíssa. — Nossa, levei uma cotovelada sua, tive que te empurrar para você corrigir a posição, várias vezes, e fiz a segunda voz para você, sozinha.

— Eu sei, Rai, eu sei... Por isso peço desculpas. Realmente, não sei o que aconteceu.

— Eu não ligo, Paula. Já estou de saco cheio de contornar os seus erros. Desde que anunciou essa gravidez, fica dando desculpas para as merdas que faz, mas eu tenho uma coisa para te dizer: você não é a única com problemas. Arrume a sua merda, volte a trabalhar direito, porque isso aqui pode ser uma brincadeira para você, mas não é para nós. Não é para mim, pelo menos. Sou profissional aqui, dou o melhor show que posso para os meus fãs, e não vou deixar que seus erros comprometam a minha apresentação.

— Rai, calma — pediu Ester. — Não foi o fim do mundo. Paula só teve um dia ruim.

— Todos os dias andam sendo ruins para a Paula. Não esqueci todos os ensaios que a gente precisou parar. Ela só tem revezado entre ruim e catastrófico.

Uau.

— Eu me recuso a ficar aqui, ou sou capaz de voar em você, Raíssa — disse, fechando o último botão da bermuda jeans e pegando minha mochila em um canto do cômodo. — Avisem quando for a hora de irmos embora.

Caminhei para fora do camarim e encontrei Roger ao telefone, no fim do corredor. Ele me olhou enviesado e desligou rapidamente.

— Tudo bem aí? Vai assim para casa?

Provavelmente, ele se referia ao fato de eu usar roupas normais, mas a maquiagem e o cabelo ainda estarem os do show.

— Vou. Não dá para ficar lá dentro e esperar a briga acabar.

— Briga? — Seus olhos se arregalaram.

— Sim. Raíssa sendo Raíssa.

— Droga. Vou ver o que é. — Afastando-se de mim, ele caminhou de volta para o camarim.

Naquele mesmo corredor, havia uma poltrona vazia, que parecia esperar por mim. Fui me sentar, com determinação, e liguei para Alexandre. Chamou quatro vezes. Na quinta, comecei a me perguntar se ele tinha pegado no sono. Na sexta, decidi desligar, mas ele atendeu. A voz demonstrava que eu tinha, sim, o acordado.

— Desculpe, não quis interromper seu sono…

— Não *esquenta*... Foi só um cochilo. Esse jogo de hoje me deixou todo quebrado.

— Ah, hoje era sua estreia. Finalmente! Como foi?

— Bom… Fui bem. Claro, ainda preciso pegar ritmo, mas marquei um gol.

— Delícia! Quanto foi o jogo?

— Sim, sim, sou uma delícia mesmo. Foi 2x1. E você? Como foi o show?

— Caótico. Minha banda está recheada de problemas internos. Mas você prometeu me contar sobre o jogo em detalhes, então faça o favor de encher a minha cabeça com futebol, para eu poder me distrair dessa bagunça que anda minha vida profissional.

— E você quer conversar sobre sua banda?

Homem do céu, acabei de dizer que não.

— Não. Quero falar sobre o jogo.

Alexandre me distraiu. Começou a falar sobre o jogo, mas logo o assunto enveredou para outros tópicos. Quando a equipe apareceu para irmos embora, minha cabeça já nem lembrava mais que tínhamos passado por tanta confusão.

— Ei… Com quem a senhorita estava conversando esse tempo todo? — perguntou Thainá, que sentou ao meu lado no avião.

— *Larga* de ser curiosa, Thai…

— Eu, não… Você saiu *puta* do camarim, e estava com um sorriso de ponta a ponta do rosto quando a gente te encontrou. Tem caroço nesse angu.

— Não é nada sério… — tentei despistar.

*Carol Dias*

— Tudo bem… Mas o que seria esse "nada sério"? Tem um tanquinho envolvido?

Rindo, decidi responder. Ela não desistiria.

— Sim, um tanquinho maravilhoso, mas você não vai contar a ninguém, porque não quero que as meninas fiquem falando disso.

— Então fale logo, porque a Ester já volta do banheiro.

— A gente se conheceu, ficou e ele deu uma sumida. Hoje, ele me ligou de novo e nós conversamos. Só isso.

— Sumida de quanto tempo?

— Uma semana, mais ou menos. Enfim, deixe *pra* lá. *Não é nada de mais.*

— Sim, sim… Continue repetindo isso para você mesma, amiga. Quem sabe, assim passa a ser verdade.

Ester chegou, e Thainá respeitou meu silêncio. Até mesmo mudou de assunto.

— Bom, já que vocês estão aqui, há algo que eu gostaria de dizer.

— O que é? — Ester perguntou, afivelando o cinto.

Sorrindo, Thainá respondeu:

— Tiago e eu vamos morar juntos. — Ester bateu palminhas, e eu deixei um sorriso verdadeiro sair. Eles são tão perfeitos que fazia todo sentido. — Minha mãe vai mesmo morar com o namorado, e não faz sentido alugarmos dois apartamentos, um ao lado do outro, se quando eu estou no Rio, ficamos juntos o tempo inteiro. Então, eu vou me mudar para o do Tiago, e minha mãe vai ficar com o nosso.

— Meu Deus, vocês são tão perfeitos! — Ester exclamou, contente. — Pelo amor de Deus, tenham logo bebês juntos.

— Não, amiga, aguarde um pouco — comentei, em tom de brincadeira. — Mais um bebê neste grupo e a Raíssa tem um treco.

No final das contas, com aprovação de Raíssa ou não, eu esperava que o casal Thainago desse certo. Este, por sinal, era o nome que nossas fãs deram para o *ship* dos dois. O de Ester e Bruno era Brester. Inevitavelmente, meu cérebro começou a pensar sobre como seria um *ship* meu com Alexandre. Biandre? Parece mais Bianca com André, então, não. Alexanca? Nossa, horrível.

Melhor parar de pensar nisso, né? Chega. Mude de assunto, Bianca.

# QUARTO

*Você me deu um gelo e ficou tudo gelado, gelado.*
*E nesse dia frio, quem é que tá do seu lado, seu lado?*
Gelo - Melim

Conversei com a equipe do Bastião, quando concordei em fazer as fotos. Chegamos ao acordo de que eles não usariam muito Photoshop para corrigir imperfeições minhas. Eles trabalhariam as cores das imagens, alguns detalhes, mas nada drástico. Eu já tive imagens minhas, para campanhas publicitárias, que foram tratadas ao ponto de meu rosto ficar quase irreconhecível. Parecia que eu tinha feito um zilhão de plásticas.

Mas assumo que fiquei com um pouco de medo quando o clube convocou uma reunião para que eu aprovasse as imagens. Arrumei uma brecha na minha agenda e fui até lá. Na caminhada do carro até a entrada do clube, coloquei meus óculos escuros, embora o caminho fosse curto. O sol estava em seu pico, mesmo às nove da manhã. Marcos, do Marketing, esperava por mim novamente na recepção, quando cheguei.

— Bianca, sempre bom ver você.

— Digo o mesmo, Marcos. Mas estou ansiosa, mesmo, pelas fotos.

Rindo, ele concordou.

— Tenho minha opinião sobre o resultado, mas não vou dizer nada, para não influenciar você. Venha, preparamos uma apresentação para você na sala de reuniões.

— Cada vez que eu venho aqui, vocês me mimam de um jeito diferente.

Fui impactada logo na chegada. A melodia do hino do Bastião tocava na sala quando chegamos, mas com uma batida mais atual. No telão da apresentação, a logo do time estava animada. Havia uma garrafa de champanhe no gelo, e duas pessoas sentadas para participar do encontro. Não beberia, já que teria que dirigir para casa. Mas, para completar a reunião, logo que terminei de cumprimentar os dois outros homens na sala, alguém bateu à porta. Ao me virar, tive uma visão que arrepiou pelos do meu cor-

*Carol Dias*

po que eu nem sabia que se arrepiavam.

— Pediram que eu viesse aqui…

— Entre, Alexandre… Nós estamos com as fotos da campanha prontas e gostaríamos de mostrar aos dois.

Ele assentiu e caminhou, primeiro, na minha direção. Pegou minha mão e a beijou, todo galante. Os lábios demoraram mais do que o esperado em contato com a minha pele, mas eu seria a última pessoa neste mundo a reclamar. Além disso, o olhar dele penetrou minha alma.

— Que surpresa boa ver você aqui, Alex.

— Eu que o diga, loira. Não esperava um encontro tão agradável neste dia de trabalho.

Ele cumprimentou os outros homens na sala e nós nos sentamos. Fez questão de ficar na cadeira ao meu lado esquerdo. Marcos ficou no direito, enquanto apresentavam as imagens.

A surpresa foi boa. As imagens ficaram lindas, com um mínimo de correção. Primeiro mostraram as minhas, depois as de Alexandre. O choque, mesmo, ficou por conta das imagens de nós dois. Parecíamos estrelar um comercial de perfume. Ou alguma coisa da Calvin Klein, sei lá.

— O que acharam do resultado? — questionou Marcos, assim que a apresentação acabou.

— Incrível. Muito obrigada pelo carinho na edição das imagens. Ficaram bem realistas, com poucas correções. E o fotógrafo captou coisas maravilhosas.

— Também gostei do resultado, mas não esperava nada menos, depois de vocês escolherem uma gata dessas para vestir a camisa do Bastião.

— Ótimo. Temos um vídeo de bastidores para divulgar o novo uniforme. Vou dar o ok para a equipe seguir com o planejado, mas queria que vissem antes.

Eram algumas imagens mostrando partes do uniforme, que culminavam em nós dois sendo bem lindos. A música estava ótima, a edição foi muito bem-feita.

Aprovamos, e nos pediram para gravar alguns vídeos de *stories*. Como eu estava de bom humor, concordei em fazer ali, naquela hora. Alexandre ficou comigo o tempo inteiro e, quando me despedi da equipe de Marketing, ele disse que me levaria até o estacionamento.

— Ainda tem trabalho para fazer aqui no clube, hoje? Quais são os seus planos para o restante do dia?

— Adoraria que meus planos fossem te pedir uma carona e sair daqui com você, mas a minha realidade é outra. O professor convocou um treino tático para hoje à tarde. Os atacantes vão fazer hora extra com finalizações, e o meio-campo vai treinar desarmes.

Ou seja: o técnico vai ensinar o time a chutar direito no gol e roubar a bola.

— Ele deveria colocar todo mundo para treinar finalização. No Bastião, até o goleiro tem que ser artilheiro.

— Quando me disseram que os torcedores do Bastião eram exigentes, não disseram que era a esse nível.

Chegamos ao meu carro e eu o destravei, abrindo a porta para colocar a bolsa lá dentro.

— Vamos combinar uma carona outro dia, então. Agora, vá colocar seu pé na forma[1], que eu tenho compromissos da banda para participar.

Alex puxou minha mão em sua direção e depositou um beijo.

— Cuide-se, minha gata. Vou ficar esperando essa carona. Saio às 18h do clube hoje, viu? Fica a dica.

Afastando-se do carro, ele deixou que eu entrasse e bateu a porta para mim. Acenando, deixei o estacionamento e o clube. Abri minha agenda para confirmar o compromisso que teria e coloquei no GPS o caminho para o estúdio de TV. Nós estaríamos em uma gravação que iria ao ar no próximo sábado. A gravidez da Paula estava finalmente aparecendo, e ela tinha concordado em falar a respeito no programa de TV. As especulações tinham começado ainda nos shows, já que era impossível esconder qualquer coisa com os figurinos que usávamos.

Até eu mesma estava curiosa pelo que ela diria sobre a gravidez, já que não falou muito para nenhuma de nós. Sabíamos que estava grávida, mas Paula não disse nada sobre quem era o pai ou como soube com apenas um mês. Para mim, ela já estava monitorando uma possível gravidez. Só nos restava saber se era por uma camisinha furada ou qualquer outra coisa.

Cheguei ao estúdio e me levaram naqueles carrinhos brancos superlegais, direto para o local onde a banda estava. As meninas tinham chegado e estavam todas fazendo cabelo e maquiagem. Fui tomar banho, porque o clima no Rio de Janeiro estava um ultraje, e não havia ar-condicionado que resolvesse. Pelo menos, o do estúdio parecia fazer um bom trabalho.

Quando voltei, vi Thainá e Ester conversando animadas, as duas fazendo maquiagem. Em um canto, Raíssa conversava com Tuco, seu assistente. Rui, nosso cabeleireiro, me chamou para sua cadeira, e eu me sentei lá. Paula estava ao meu lado, colocando um aplique para aumentar o tamanho do rabo de cavalo. Ariana Grande ficaria com inveja, se visse.

— Ei, como você está? — perguntei a ela. — Preparada para hoje?

— Não estou nada preparada. — Paula bufou, meio frustrada. — A possibilidade de alguma merda acontecer é enorme.

---

1  Expressão usada no futebol para jogadores com problemas em chutar a gol. Manda-se "colocar o pé na forma" para que melhore a pontaria.

*Carol Dias*

— Se alguma merda acontecer, estamos aqui com você, te dando cobertura.

— Não tenho tanta certeza disso — disse, olhando para Raíssa pelo espelho.

— É, ok. Nem todo mundo está de acordo, mas saiba que pode contar comigo. Com a dupla dinâmica também.

— Obrigada, Bia.

Paula encerrou a conversa com um sorriso sem graça. Ficou de pé e voltou a conversar com Tati, a segunda cabeleireira do grupo.

Pelo espelho, fiquei observando tudo o que acontecia naquela sala. Ester e Thainá pareciam mais amigas do que nunca. Paula estava afastando-se com a gravidez, em vez de se unir a nós. Raíssa era a *persona non grata* do cômodo. Eu me sentia deslocada das outras. O momento que vivíamos era para deixar a banda ainda mais unida, tornar-nos ainda mais amigas. Só que estava acontecendo exatamente o oposto.

Fomos ao palco para fazer a passagem de som e checar o espaço, quando estávamos prontas. Pablo Torres era o apresentador do programa e nos recebeu. Paula ficou com ele quando terminamos, para conversar sobre a gravidez.

— Eu fico aqui com você, ami…

— Não precisa, Bianca. Obrigada — respondeu, cortando-me.

Sentindo o impacto de ter sido afastada, saí do palco. Peguei meu telefone e havia algumas mensagens do Alex. Eram dois vídeos, na verdade. No primeiro, Rodrigão, o goleiro reserva do time, era quem aparecia.

— Oi, bonita. Alex disse que você passou aqui hoje, e eu estou verdadeiramente ferido por saber que fui ignorado. Trate de aparecer lá em casa para compensar, viu? Os caras e eu vamos jogar Fifa, hoje e na quinta. Você está convidada. Beijos.

O segundo mostrava Alex fazendo flexões no travessão. A voz ao fundo era do Rodrigão.

— Alex perdeu o desafio de finalizações hoje e teve que pagar 50 flexões ali no travessão. Achei que você gostaria de ver, e tal.

A resposta era sim. Principalmente, porque seu peito estava nu.

Abaixo dos vídeos havia outras duas mensagens. Uma claramente escrita por Rodrigão, já que dizia "por nada". E outra de Alex, que pedia desculpas pela intromissão do amigo.

> Não se pode mais deixar o celular com ninguém, especialmente se você se esquecer de travar!

A verdade é que eu estava grata por ter tais imagens na minha galeria.

Voltamos ao palco ouvindo nosso nome ser gritado pela plateia. Apresentamos nossa música de trabalho e, felizmente, deu tudo certo. Paula cantava boa parte dessa música, inclusive o trecho final. Com a câmera fechada nela, deu uma de Beyoncé e abriu a blusa, acariciando a barriga. Era a confirmação que qualquer um precisava. Pablo, esperto, parou imediatamente ao lado dela quando a música acabou.

— Paula... — Fez uma pausa estratégica, enquanto o público gritava. — Será que você tem alguma coisa para contar?

— Bom, chegou a hora, né... — disse, dando uma risadinha. — Muita gente já estava especulando, mas eu queria ter certeza de que ficaria tudo bem, antes de anunciar que vou ser mãe de uma linda menininha ainda este ano.

Mais palmas e gritos explodiram. Acompanhei o público nas palmas, e as outras meninas fizeram o mesmo. Até Raíssa, que sabia que precisávamos manter a pose na maior emissora do Brasil.

— Parabéns, querida. — Ele a abraçou. — A gente já tinha conversado, e você disse que quer manter um pouco da sua privacidade nisso, então farei apenas uma pergunta: o que você pode compartilhar com a gente sobre essa gravidez?

— Bom, completei dois meses e meio esta semana. A previsão é que nasça em setembro. Ainda não sei o nome, mas este bebê foi o melhor presente que a vida me deu, em muito tempo, e eu espero que todos vocês se apaixonem, assim como eu, por essa mini Lola.

Eu, a própria manteiga derretida, não consegui me segurar. Uma lágrima desceu por meus olhos ao pensar em tudo que estava acontecendo. Nossa banda estava se estilhaçando, e estávamos deixando de comemorar coisas incríveis acontecendo nas vidas umas das outras, por orgulho.

Thainá encontrou um homem que a idolatra, após viver um relacionamento extremamente abusivo.

Ester encontrou forças em si mesma para lutar contra a Síndrome do Pânico.

Raíssa conseguiu uma parceria internacional incrível.

Paula seria mãe de uma menininha linda, nossa mini Lola.

E nenhuma de nós parecia ter coragem de tirar o olho do próprio umbigo para aplaudir uma amiga.

Destruída emocionalmente, decidi que distrairia a cabeça. Enviei mensagem para Rodrigão e Alex, dizendo que passaria pelo clube para dar carona a eles.

Vou afogar todas as minhas lágrimas no videogame.

— Oi — disse Alex, ao entrar no carro. — Essa carona foi paga mais rápido do que eu esperava.

— É que eu peguei a dica com facilidade.

Estiquei-me na sua direção e beijei seus lábios. Durou poucos segundos, só o tempo de Rodrigão e mais alguém abrir as portas de trás.

— Ê, caralho, são três velas entrando no carro. Querem que a gente fique esperando lá fora? — comentou Luquinhas, o lateral-direito do time.

O terceiro era Nando, xará do meu irmão, que joga de zagueiro.

— Oi, meninos. Fiquem tranquilos. Era só um beijinho de oi. — Pisquei para Alex, rezando para que ele entendesse que era só o começo mesmo.

Pensando melhor, acho que não vai ser só no Fifa que eu vou afogar minhas lágrimas hoje.

# Quinto

*Se era isso que você queria, uma noite apenas, você vai ter o que quer de mim. Um lance sem compromisso e fim. Se era isso que você queria, uma noite só, sem sentimento, vai ser assim. Você vai ter o que quer de mim.*
A boba fui eu - Ludmilla feat. Jão

Com o tempo, a gente vai aprendendo a se valorizar. É incrível o tanto que as pessoas se superestimam. Acham que são as peças mais importantes no quebra-cabeças da nossa vida. Ledo engano delas.

Desde o anúncio da gravidez da Paula e da carreira solo da Raíssa, nós fizemos shows, ensaios, reuniões, mas não era o mesmo que entrar em turnê. Antes, se nos irritássemos, era simples: dávamos a reunião ou ensaio por acabado e nos dividíamos. Em turnê, dividimos quartos de hotel, sentamos lado a lado no avião, ficamos na mesma van. Estamos juntas praticamente 24 h por dia. Dormimos pouco, comemos mal. Estava muito complicado lidar com as meninas.

Ester e Thainá eram as únicas que permaneciam unidas, mas eu me sentia excluída por elas. Paula se isolava boa parte do tempo, muito por causa do bebê. Acho que ela se sentia um pouco culpada por termos que nos adaptar ao que ela estava vivendo: os enjoos, os erros no palco, as indisposições... Eu não me importava, de verdade. Entendia que era um momento diferente, que tudo estava mudando para ela. Achava incrível a ideia de ter uma nova integrante na banda, a bebê Lola. Mas, infelizmente, Paula estava se escondendo. E Raíssa... Bom, é difícil descrever a relação da gente. Tuco parecia um carrapato grudado a ela. Insuportável, de verdade. Quando ela vinha para falar conosco, era para fazer algum comentário sem noção, dar uma alfinetada. Eu não tinha tempo para aturar essa merda.

E, então, eu tinha Alex na minha vida. Era uma relação de amor e ódio com aquela praga. Às vezes, passávamos o dia inteiro trocando memes, falando besteira e mandando fotos estranhas. Às vezes, ele ignorava minhas mensagens por dois, três, cinco dias.

*Carol Dias*

Por isso, cheguei à conclusão de que as pessoas se acham a última Coca-Cola do deserto. Só que não, tá? Essa Coca aí está quente feito purgante. Já bebeu refrigerante quente? É horrível.

Mas, graças a Deus, não preciso me preocupar com isso por três longos dias. A van deixaria as meninas em casa, na Barra da Tijuca, mas minha família decidiu passar o feriado em Búzios, então meu irmão me esperava de carro, no aeroporto. Era meio da tarde quando nos encontramos e, antes que o sol se pusesse, nós estávamos na casa que tínhamos na cidade. Meus pais passavam mais tempo por aqui do que no sítio na Freguesia, onde moram oficialmente.

— Eu trouxe aquela pimenta que você gosta, lá de Fortaleza; está na mala — comentei com Fernando, meu irmão, quando descemos do carro.

— Faço questão de carregar para dentro, então. Deixe com seu irmãozinho…

Como não sou de negar essas coisas, bati a porta do carro e fui em direção à casa. Rapidamente minha mãe apareceu à porta.

Ela me lembrava muito a dona Hermínia, daquele filme do Paulo Gustavo. Acho que toda família tem uma dessas, e calhou de na minha ser a minha mãe.

— Bianca, filhinha, finalmente! Seu irmão se perdeu para chegar aqui? Não conseguia encontrar o caminho? Por que vocês não avisaram? Seu pai podia ter ido encontrar vocês na estrada.

— Mãe, calma. A gente não se perdeu.

— Mas seu avião pousou há quatro horas! Não dá nem três horas de estrada para cá.

— Eu tinha que pegar a mala, conversar com Roger, atender algumas fãs que estavam no saguão… Calma, tá? Daqui a pouco, a senhora vai colocar um rastreador em nós dois.

— Pois eu deveria. Nunca vi filhos mais ingratos! Tive que aprender a usar esse negócio de Twitter e começar a seguir esses tais de fã-clubes para ter notícias suas, Bianca.

Sem nenhuma vontade de brigar, apenas puxei minha mãe para um abraço e deixei um beijo em sua bochecha.

— Que saudades eu estava de você, dona Hermínia — brinquei, afastando-me e entrando na casa.

— Dona Hermínia é o cace…

Nívea e Isaque são casados há mais de 30 anos. Conheceram-se quando do Nívea, minha mãe, saiu da casa dos pais para morar sozinha. Trinta anos atrás, a ideia de uma mulher fazer algo do tipo era impensável. Seus parentes logo começaram a dizer que ela era lésbica, ou que ficaria para titia. Impensável! Absurdo! Uma vergonha para a família.

Mas as coisas mudaram bem depressa, porque, logo no primeiro dia, ela conheceu o jovem porteiro Isaque. A história de amor dos dois seria um *plot* de novela, e eu quase a ofereci para a indústria do cinema, mas desisti. Mais de 30 anos depois de terem se conhecido, ainda é lindo observar o relacionamento deles.

Depois de ter tranquilizado minha mãe sobre nossa viagem, ela deixou que eu me endireitasse no quarto. Tomei um longo banho, ignorando as mensagens de Alex. Não me importava nem um pouco se agora, quase três dias depois, ele queria responder minha mensagem e marcar alguma coisa. Eu que não fazia questão de vê-lo no momento. Desci para a cozinha e encontrei meu irmão à beira do fogão. Pode parecer estranho, mas ele é o grande mestre-cuca da família. Minha mãe o assessorava, e minha cunhada, Marcela, apenas os observava da bancada da cozinha.

— O que você está bebendo? — perguntei, apontando a taça que ela segurava.

— Vinho. Seu pai disse que ia ficar com os meninos e que eu deveria tirar uma folga do papel de mãe. — Ela se levantou e me deu um abraço.

Tinha esquecido que ela veio mais cedo, com meus dois sobrinhos. Acho que o cansaço faz isso com as pessoas.

— E onde eles estão?

— Na piscina. Seu irmão disse que já está tarde e que eles deveriam sair, mas estou de folga. Vou deixar a critério do seu pai.

Foi inevitável começar a rir. Minhas pessoas favoritas estavam nesta casa, com toda certeza.

— Vou lá fora, dar um cheiro nos meus sobrinhos, e volto para dividir esse vinho com você.

Quando cheguei lá, encontrei meu pai e as crianças dentro da piscina. Eles estavam com boias nos braços magrinhos, mas não soltavam o pescoço do avô.

— Meu Deus, quem colocou dois peixes na piscina?

— Tia Biaaa! — os monstrinhos gritaram, e eu vi a careta do meu pai por ter seus tímpanos estourados.

Eles se esforçaram para chegar à borda da piscina e saíram de lá como se fossem profissionais. Crianças têm um dom que eu não entendo.

Pietro e Hudson nasceram gêmeos. Em busca de definir a personalidade deles com mais facilidade, os pais decidiram não dar nomes iguais, vestir de forma diferente e incentivar isso neles. A maior prova disso é a sunga de Pietro ser do Capitão América, enquanto Hudson tem uma do Bastião.

— A tia trouxe umas coisinhas para vocês, mas só depois do jantar.

— O que é, tia?

— Mais tarde vocês vão saber. Agora, deem um beijo na tia e voltem para a piscina.

Sentei-me em uma cadeira por ali e fiquei observando-os, enquanto jogava no celular. Mais mensagens de Alex chegaram, mas continuei ignorando todas. Observar meus sobrinhos jogarem água para o ar era muito mais interessante do que me estressar com macho.

Era até engraçado pensar no tanto que estar em um ambiente cheio de pessoas que querem apenas o seu bem pode mudar tudo. Quando meu pai colocou os meninos para dentro, pois precisavam se trocar para o jantar, minha cunhada saiu com duas taças de vinho. Eu me sentia mais leve, sem o peso do ambiente pelo qual as Lolas estavam cercadas, e uns dez anos mais jovem. O que é estranho, se considerarmos que há dez anos eu não tinha idade para beber.

Mas toda essa confusão mental nada tinha a ver com o fato de ter ingerido álcool.

Quando você encontra aquele grupo de pessoas que fica ao seu lado, sem importar os motivos, o verdadeiro significado de família fica explícito.

Mas não consegui fugir de Alexandre por muito tempo. Ele ligou duas vezes seguidas quando me sentava para o jantar, então li as mensagens e respondi que estava ocupada, mas que falaria com ele assim que pudesse. O que só aconteceu muito mais tarde. Depois de dar os presentes para os meninos, colocá-los para dormir e jogar carteado com a minha família, já estava mais do que cansada e bêbada quando deitei na cama. Mas as mensagens de texto dele estavam lá e eram insistentes.

> Ok, vou ficar t esperando.

> O que você está fazendo de tão importante?

> Não se esqueceu de mim, né?

> Sigo esperando vc lembrar que eu existo.

> É assim q vc se sente quando eu esqueço de responder?

> Quero muito t ver de novo.

> Mó sdds da tua boca.

> Qual é o caminho mais curto para o coração de um homem?

Em seguida, ele enviou uma foto minha, tirada na sessão de fotos do Bastião. Era uma das que eu mais gostava, e Alex já tinha dito, milhares de vezes, o quanto me achava gata com ela.

> GATA DEMAIS

> Esses dias, voltei do treino ouvindo uma música na rádio e me lembrei de vc.

> Queria ter a voz boa para cantar no seu ouvidinho, mas é capaz de vc me dar um pé na bunda, se eu fizer isso.

> Vou t deixar em paz, me liga quando puder.

Decidi acabar com o sofrimento dele e ligar. No segundo toque, a voz dele me deu um alô animado do outro lado.

— Eu já estou sonolenta e um pouco alcoolizada. Não respondo mais por mim. O que você quer?

— Ei, gata. Vi sua mensagem, desculpe não ter respondido antes.

— Vários dias depois? — Um riso me escapou. Era muita cara de pau. — Vai ter que fazer melhor que isso, amado.

— É a correria dos treinos, esta semana foi puxada. Mas vou te compensar, prometo. Quando vou poder te encontrar?

— Dia nenhum, anjo. Estou em Búzios com minha família. Se tivesse respondido minha mensagem quando eu perguntei, dava tempo de combinar algo.

— Eu sei, sou um merda. Vou melhorar, prometo. Não vai mesmo ter como a gente se encontrar? Estou doido para te ver de novo.

Hm, não está não. Se estivesse, teria respondido a mensagem. Enfim, macho sendo macho.

*Carol Dias*

— Acho que não, Alex. Volto no domingo para o Rio e viajo na segunda de manhã.

— Domingo, o jogo do Bastião é no Maracanã. Bem que você podia assistir.

Pensei a respeito e, por esse lado, ele estava certo. Eu quase nunca conseguia assistir os jogos no estádio. Seria a oportunidade perfeita.

— Vou ver se o pessoal aqui em casa quer ir. O fim de semana é todo deles. Agora, boa noite, Alex. Estou morrendo de sono.

— Boa noite, minha gata. Tenha lindos sonhos comigo.

— Só quero se forem eróticos. Sonhos normais com você só servem para me deixar irritada.

Desliguei, ouvindo a risada dele do outro lado. Senti meu corpo relaxando e agradeci ao vinho. Principalmente porque deixou meus pensamentos aquecidos. Alex teve grande participação em todos os sonhos daquela noite, sendo o protagonista masculino. Tive a comprovação de que, quanto menos ele mantivesse a boca ocupada, mais útil ele era.

# Sexto

**We used to be close, but people can go from people you know to people you don't. And what hurts the most is people can go from people you know to people you don't.**
*Costumávamos ser próximos, mas as pessoas podem passar de pessoas que você conhece a pessoas que você não reconhece mais. E o que mais dói é que as pessoas podem passar de pessoas que você conhece a pessoas que você não reconhece mais.*
People You Know - Selena Gomez

Minha posição não era a mais discreta no momento. Talvez tivesse sido por isso que ganhei um tapa de mão cheia na minha bunda enquanto me esticava. Virei-me para ver quem era o culpado e encontrei Thainá sorrindo.

— As pessoas não têm mais respeito pelo alongamento dos outros. É um absurdo — comentei. Não estava reclamando de verdade. Era bom ver um pouco das nossas brincadeiras voltarem.

— Roger pediu para nos reunirmos rapidinho, ele quer dar alguns recados. Vamos?

Minha corrida teria que ficar para depois.

— Vamos. Onde ele está?

Ela me guiou até um dos quartos, que deveria ser de Raíssa, já que ela era a única a não dividir quarto. As outras já estavam lá, mas não eram as únicas no cômodo: havia Tuco e mais quatro mulheres desconhecidas também.

— Antes de começarmos o dia, Lolas, quero apresentar algumas pessoas a vocês — disse Roger e indicou as quatro. — Eu disse que, assim que possível, aumentaria nossa equipe. Contratamos Verônica, Jéssica, Ariane e Leila para serem assistentes pessoais de vocês. Raíssa já tem Tuco, então não selecionamos ninguém. A partir de agora, elas serão responsáveis por cuidar da agenda de vocês, acompanhá-las nos compromissos e o que mais se fizer necessário. As quatro sempre se reportarão a mim, e nós manteremos tudo alinhado. Tuco, pedirei gentilmente que faça o mesmo. Dessa forma, poderemos "falar a mesma língua" no que diz respeito ao dia a dia da banda.

— Sim, pode contar comigo para repassar as necessidades da Raíssa, assim como eu já vinha fazendo. Por isso, já gostaria de anunciar que ela precisará de um afastamento de dois dias nas atividades da banda. Nos dias 25 de abril e 4 de maio.

Roger franziu o rosto e pegou o celular. Sabia que ele estava abrindo a nossa agenda lá, o que foi confirmado assim que reclamou de uma das datas.

— Estamos fechando um festival para elas no dia 4 de maio.

— Raíssa não poderá estar presente. Seria interessante não fechar o festival — decretou.

— Posso saber o que a impedirá de se juntar à banda da qual ela faz parte? — Roger rebateu.

Olhei para Raíssa, que mexia nas pulseiras e não nos encarava.

— Ela terá um compromisso profissional.

— Que compromisso profissional? Pelo que eu sei, a profissão dela é na banda.

Mostrando um pouco de irritação, Tuco respirou fundo antes de prosseguir:

— Como comunicamos no início de fevereiro a vocês, Raíssa deu início a seus próprios projetos. Os executivos da gravadora incentivaram que ela fizesse isso. Sua primeira parceria foi com a banda britânica Age 17, e nós concordamos em fazer uma participação nos shows da banda no Brasil. Esses shows acontecerão nos dias 25 de abril e 4 de maio. Por isso, como eu disse, não será possível a presença dela em qualquer compromisso marcado em tais datas. Consultamos o calendário previamente divulgado por você, Roger, antes de aceitarmos as duas datas. Como não havia nada marcado, demos nossa palavra. Não voltaremos atrás.

Vi quando Roger se movimentou para questionar a decisão, mas Paula tomou a frente.

— Roger, por favor, nós cinco precisamos conversar a sós.

Ele acenou e indicou a porta.

— Todo mundo para fora. Deixem as Lolas conversarem. — Todos se moveram e Roger continuou: — Mas se eu ouvir gritos, entro aqui na hora.

Antes de bater a porta, ele olhou para nós. Parecia preocupado.

Nós cinco nos encaramos. Raíssa, por outro lado, não conseguia focar muito em nenhum dos nossos rostos. Parecia sem coragem.

— Você acusou Thainá e Ester de atrapalharem o cronograma das Lolas, por conta dos problemas pessoais — Paula começou, virada para Rai. — Acusou a mim de ser a próxima a fazer isso, com a gravidez. Seja mulher pela primeira vez na sua vida e se desculpe por nos colocar como vilãs em uma história do mal protagonizada por você.

— Paula…

— Você criou um racha na banda — continuou Ester. — Dividiu todas nós. É claro que temos culpa, pois nós deixamos. Mas seja uma mulher adulta e assuma isso. Pare de agir como uma criancinha que precisa que um homem lute suas lutas.

— Não vou me desculpar por seguir meus sonhos — foi a resposta dela.

— Você não tem mesmo um pingo de remorso por tudo que falou até aqui, não é? — questionei.

— Não vou me desculpar por seguir meus sonhos — repetiu.

— É, continue repetindo essa merda para si mesma — Paula soltou, claramente irritada.

— Gente, vamos nos acalmar — pediu Thainá.

— Acha que a forma como vocês me tratam não tem me afetado? — questionou a dita cuja.

— A forma como a gente te trata? — rebati na hora.

— Ah, Raíssa, vá se foder, na boa. Cansei dessa merda — Paula disse e deu as costas, saindo do quarto.

— Eu também — comentei, preparando-me para sair dali. — Não precisa aparecer para o show do dia 4 mesmo, não, a gente dá conta sem você.

— Se não quiser aparecer em mais nenhum show, fique à vontade. — Ouvi Ester dizer, antes de eu sair. — Como disse a Bianca, a gente dá conta sem você. Vá se foder — repetiu.

Meu coração batia acelerado. Aquela conversa tinha me afetado. Eu não tinha feito absolutamente nada para ser tratada daquela maneira pela minha banda. Mesmo que eu não concordasse, Thainá, Ester e Paula tinham dado um motivo para Raíssa se estressar. Eu não. O que eu fiz? Fui afastada pelas minhas amigas, mesmo que elas não percebessem.

Eu não queria ser injusta nem ingrata, então resolvi parar de pensar. Coloquei os fones de ouvido e dei início ao meu GPS. Queria sair para correr, mas não conhecia muito bem a cidade de Uberlândia, então programei o caminho no GPS para que ele me levasse e trouxesse de volta. Pelo menos, o hotel em que estávamos hospedadas era próximo da arena onde faríamos o show. Cheguei ao Parque do Sabiá com facilidade, um local onde li na internet que era bom para se fazer corrida e caminhada. Quando já estava me sentindo cansada, parei para comprar uma água. Era uma quinta-feira e o local não estava muito cheio, mas havia uns casais adolescentes, mulheres com crianças em carrinhos, idosos e pessoas se exercitando.

Paguei ao rapaz da água e agradeci. Então, virei de costas e tomei um susto. Havia uma adolescente parada, sorrindo e chorando ao mesmo tempo. Dando-me conta do que era, parei a música no celular e olhei para ela.

— Oi!

— Ai, meu Deus! Você é a Bianca das Lolas, não é?

— Sou eu, sim — respondi, como se contasse um segredo. — Mas você não pode dizer a ninguém por enquanto, ou vou ter que sair correndo daqui, e estou morta.

Ela deu um gritinho animado, mas acenou que sim.

— Tudo bem, mas você tira uma *selfie* comigo?

— Se você me emprestar sua câmera para eu me ajeitar, tiro sim.

— Claro.

Ela destravou o telefone e eu parei na direção dele. Precisei colocar alguns fios no lugar e sequei um pouco do suor do rosto. A menina tremia, então peguei o celular da mão dela e fiz a *selfie*.

— Pronto. Agora, você dá uns dez minutos antes de postar?

— Sim, sim, claro. Bianca, eu só queria dizer que amo muito vocês e tenho um Twitter dedicado à banda.

— Ah, querida! Muito obrigada por isso. Quer um autógrafo também?

— Eu não tenho nem papel nem caneta aqui — disse, em tom triste. — Mas, se você puder gravar um vídeo para eu postar no Twitter...

— Claro, vamos lá.

Aceitei prontamente, porque tentava fazer o que fosse necessário pelos nossos fãs. Mandei um beijo para os seguidores dela no vídeo, e estava me preparando para ir embora quando ela soltou a fatídica pergunta:

— Tem gente dizendo que as Lolas vão fazer uma pausa, por causa da gravidez da Paula, e que pode ser que acabe para a Raíssa fazer carreira solo. É verdade?

Depois da briga que tivemos hoje cedo, era difícil tentar tranquilizar a fã. Nem mesmo eu estava tranquila quanto a isso.

— Vamos, sim, fazer uma pausa por conta da gravidez da Paula. Quem sabe o que faremos depois desse tempo, né? Mas não se preocupe com isso. Somos e sempre seremos as Lolas, não importa como.

Despedi-me dela antes que me complicasse ainda mais. Bebi minha água enquanto caminhava para fora do parque e joguei o restante no rosto para tentar me refrescar. Então, coloquei novamente a música e corri em direção ao hotel. Enquanto chegava lá, recebi uma ligação de Alex. Ultimamente, ele estava bem melhor para responder mensagens. Fazia isso pelo menos uma vez ao dia. Depois da bronca que dei nele na Páscoa, as coisas melhoraram. Ainda mais quando aceitei ficar no camarote do clube no jogo de domingo. Fernando e Marcela foram comigo. Nós nos vimos brevemente no final do jogo, quando fui visitar os vestiários. A semana foi corrida e não conseguimos nos ver direito, mas devemos fazer isso quando possível.

— Diga — falei, diminuindo a velocidade.

— Oi, minha gata. Atrapalho?

— Não, estou voltando de uma corrida. *Fala.*

— Vou pegar o voo de volta para o Rio daqui a pouco, mas queria te perguntar algo. Onde você vai tocar no domingo?

— Ih, não tenho certeza. Acho que em Saquarema. Por quê?

— Perfeito. Vou jogar no sábado, estava pensando em assistir ao seu show no domingo, se fosse por aqui. Se é em Saquarema, acho que consigo. O que você acha?

— Será muito bem-vindo.

— Show. Preciso embarcar agora. Quando chegar ao Rio, vou ver isso direitinho e te falo.

— Combinado.

Entrei no hotel e comecei a me lembrar das mil coisas que tinha que fazer hoje, antes do show. Ao menos foi bom dar aquela corrida, encontrar a fã e falar com Alex. A vida bem que podia ser mais simples.

@lolastudopramim: Encontrei a perfeita, sem defeitos, da @bianca_lolas no Parque do Sabiá hoje, antes do show delas, e consegui esse vídeo icônico!

@lolastudopramim: Vocês que estão perguntando: sim, nós conversamos um pouco e, sim, ela esclareceu os rumores do fim da banda. (+)

@lolastudopramim: Bia me garantiu que a banda segue unida, mas disse que não sabe o que vai acontecer quando Paula tiver o bebê.

@lolastudopramim: MINHA OPINIÃO: elas seguem juntas, sim, até a Paula entrar em licença. Depois, é provável que cada uma siga seu caminho. Rai já tem feat internacional.

*Carol Dias*

@lolastudopramim: eu prefiro não criar expectativas e já me preparar para o caso de a minha banda favorita não voltar mais.

@lolastudopramim: outra coisa que a Bia me falou foi: "somos e sempre seremos as Lolas, não importa como". Então é isso, mores!

@lolastudopramim: eu vou apoiar a carreira solo de todas elas, não só da minha fave. Mal posso esperar pelos hits que cada uma delas vai soltar!

## Futuro da girlband Lolas é incerto
*Próximos meses podem ser os últimos do grupo com essa formação*

O show das Lolas em Uberlândia foi incrível. A cidade mineira lotou o Sabiazinho, arena que recebeu a turnê da nossa *girlband* favorita. Mas a maior polêmica da passagem das garotas pela cidade foi uma entrevista que Bianca, uma das integrantes, deu para uma fã que a encontrou correndo em um parque.

Durante a entrevista, a cantora revelou não saber como as coisas serão após o nascimento do bebê de Paula, mas garantiu que elas seguem juntas até lá. Essa certeza tranquiliza fãs que já garantiram ingressos para a turnê ao redor do mundo. As datas não devem ser canceladas enquanto a nova mamãe estiver liberada.

O que realmente preocupa as fãs da *girlband* é o que acontecerá depois. Raíssa foi a primeira integrante a lançar suas próprias músicas, em parceria com a *boyband* britânica Age 17. A próxima a divulgar seu próprio material deve ser Bianca, pois algo que disse para a fã pode ter dado indícios disso.

Entramos em contato com a proprietária do perfil no Twitter, @lolastudopramim, que revelou as palavras exatas da cantora: "Vamos parar por conta da gravidez da Paula, e cada uma de nós sabe o que fará depois". Apesar de não querer revelar, a artista e suas companheiras já devem ter planos encaminhados.

E você, fã, o que acha? Será esse o fim das Lolas?

# Sétimo

Pushin' me away, every last word, every single thing you say.
Pushin' me away, try to stop me now, but it's already too late.
Pushin' me away, if you really don't care just say it to my face.
*Está me afastando, cada "última palavra", cada coisinha que você diz. Está me afastando, tente me parar, mas já é tarde demais. Está me afastando, se você não se importa mesmo, diga na minha cara.*
Pushin' Me Away - Jonas Brothers

## Racha interno pode definir o fim de girlband brasileira
*Problemas pessoais das integrantes deixa futuro indefinido*

*Terça-feira, 7 de abril de 2018.*

Há meses estamos acompanhando o drama dos fãs da *girlband* brasileira Lolas. O primeiro baque veio quando Thainá, uma das integrantes, revelou ser vítima de violência por parte de Matheus, seu ex-namorado extremamente abusivo. Apesar de hoje a moça estar bem, falar abertamente sobre o que aconteceu e viver um novo romance, a banda precisou adiar shows e compromissos até que ela se recuperasse.

Em seguida, outra pausa na banda se deu quando Ester precisou se ausentar por um período. Foi revelado que a jovem precisou de um tempo para se tratar de um quadro de Síndrome do Pânico. Nesse intervalo, Raíssa divulgou sua primeira canção como artista solo, em parceria com a banda britânica Age 17. Apesar de incrível, a música serviu para escancarar uma possibilidade dentro do grupo: a de conciliar projetos pessoais com a carreira como Lola.

A cereja no bolo, para a banda começar a desandar, parece ter sido o bebê de Paula. Inesperada, a criança deve nascer ainda este ano, e será responsável por shows adiados, planejamento atrasado e desentendimentos entre o quinteto. A primeira a dar sinais de que as coisas não estavam tão bem quanto aparentavam foi Bianca. Questionada por uma

*Carol Dias*

fã, a Lola não deu certeza de que a banda continuaria após a gravidez da companheira: "Vamos parar por conta da gravidez da Paula, e cada uma de nós sabe o que fará depois".

Segundo fontes próximas à banda, o assunto é tratado com muita delicadeza pela equipe da cantora. As cinco integrantes não dividem mais camarins; na maioria das vezes, Raíssa e Bianca ficam em um, enquanto as outras três dividem um segundo, salvo quando a casa de shows não comporta. Na última semana, Ester foi vista quando visitava o estúdio de gravação de um dos produtores do grupo, na Zona Sul do Rio de Janeiro. Nenhuma das Lolas foi vista por lá, o que pode ser um indicativo de que a moça esteja preparando material solo.

Os rumores ainda dizem que a relação das cinco está abalada: "elas não são mais amigas como costumavam ser", e também que "o fim da banda como conhecemos parece estar próximo". Com contrato para mais dois álbuns, a fonte ainda disse que uma solução para esse caso pode ser um hiato do grupo ou troca de integrantes. Confira no *link* outras bandas que trocaram sua formação para continuarem unidas.

Se a banda continuará existindo ou não, apenas o destino poderá dizer, mas tudo indica que as Lolas do jeito que conhecemos estão com os dias contados.

— Sentadas nas posições, meninas. Vamos entrar no ar em 5...

Todas nós ocupamos os lugares destinados. Estávamos em São Paulo para gravar um programa, e eu, particularmente, não gostava do apresentador, Jeff. Ele era um fofoqueiro da pior espécie e gostava de aparecer em cima de qualquer fofoca, sem se importar com quem machucaria. A audiência do programa dele era ótima, e esse foi o único motivo para eu ter me conformado com a decisão da produção de irmos até lá. Qualquer coisa seria um uso melhor do nosso tempo em São Paulo. Dormir estaria no topo de todas elas. Mas, se tínhamos de fazer isso, que pelo menos fosse para um público enorme.

— Eu falei que estava muitíssimo bem acompanhado neste programa, e vocês sabem que eu nunca mentiria! Por isso, quero uma salva de palmas para as Lolas! — Nós acenamos para a câmera à nossa frente e esperamos que ele se sentasse no meio de nós cinco. Calhou de eu ficar ao lado de Raíssa, enquanto Paula, Ester e Thainá se sentavam do outro lado de Jeff.

— Meninas, é um prazer enorme ter vocês aqui no programa!

— O prazer é nosso! — disse Thainá.

Nós passamos alguns minutos cumprimentando-o e dizendo olá para a plateia e as pessoas em casa. O programa era gravado e seria transmitido no sábado.

— Eu tenho várias perguntas que tanto eu quanto o público de casa queremos saber. Posso começar com você, Paula?

— Claro, *manda*.

— Não posso deixar de perguntar sobre o bebê! Como vai essa menininha?

— Ela está crescendo bem, saudável. Agradeço a preocupação.

— E ela já tem um nome?

— Ainda não. Tenho algumas opções, mas não conseguimos decidir.

— Estamos chamando de Lolinha por enquanto — comentou Thainá, arrancando suspiros da plateia.

— Vocês já fizeram planos para quando a barriga começar a crescer?

— Temos alguns shows agendados e pretendemos cumprir o calendário. Acredito que serei capaz de fazê-los com tranquilidade. — Enquanto ela continuava, percebi que Raíssa acenava para alguém na plateia. Era uma fã. — Temos planos de entrar em estúdio depois do nascimento e mais alguns detalhes, mas não colocamos datas ou prazos. Vamos com calma. Felizmente, as meninas têm sido incríveis comigo e estão me apoiando de verdade.

Mentir é feio, Paula. Não dê esse exemplo ruim para nossos fãs.

Raíssa ainda estava distraída com a plateia. Tínhamos um acordo entre nós, de sempre dar atenção ao grupo enquanto estávamos em entrevistas. Se uma estivesse falando, todas estavam concentradas. Falávamos com o público no começo e no final, mas nunca deixávamos outras coisas nos dispersarem, por respeito à colega que estava falando.

Dei um cutucão em Raíssa. Ela me olhou, sem entender a agressão. Indiquei Paula com a cabeça, para que ela se desse conta. Apesar de me fuzilar com o olhar, voltou a dar importância ao que estávamos fazendo.

— É bom ver essa união de vocês, meninas, mas não posso deixar de perguntar sobre os rumores que circulam pela internet. — Ah, os rumores... — Desde a entrevista de Bianca para aquela fã, muito vem sendo especulado sobre um possível hiato e até mesmo um fim da banda. Há alguma coisa que vocês queiram dizer aos seus fãs sobre isso? Para esclarecer os rumores.

A fã que me encontrou no Parque do Sabiá. Logo que ela postou o vídeo, recebi a marcação e respondi com um coraçãozinho. Depois disso, as coisas desandaram. Ela deu a opinião dela sobre o período que a banda está enfrentando, interpretou a coisa do jeito que quis e ainda disse algo para a imprensa que eu, definitivamente, não tinha dito. Lembro-me exatamente do que falei. Vamos parar por causa da gravidez. Quem sabe o que faremos depois? Mas não se preocupe, somos e sempre seremos as Lolas, não importa como. Quando chegou à imprensa, o meu "quem sabe o que faremos" virou "cada uma de nós sabe o que fará depois", o que deu a ideia de que tínhamos planos individuais. A ideia de que "sempre seríamos as Lolas, não importa como" pareceu que estávamos prontas para seguir esses caminhos ou mudar as integrantes da banda para continuarmos. Era bem complexo.

Eu estava surtando. Principalmente porque fui chamada à atenção pela equipe e Paula me olha torto desde então.

— Rumores são apenas rumores — Ester fez questão de esclarecer. Ficou combinado que ela falaria sobre o assunto em entrevistas, caso ele surgisse. — Nós estamos superfelizes pela Paula, principalmente porque sentimos que é nossa sobrinha que ela está carregando. Vamos aproveitar este tempo para um merecido descanso, férias, depois voltaremos com tudo. A falta de planejamento para o pós-gravidez não quer dizer que vamos acabar com a banda. Estamos mais fortes do que nunca.

Eu sabia que era apenas uma forma de abafar tudo o que estava saindo na imprensa, mas não tinha certeza de que funcionaria. Na verdade, era mais certo que *não* funcionasse.

— Amamos esta banda, amamos nossos fãs — completei a fala dela. — Não há dúvidas de que queremos continuar juntas, fazendo o que mais gostamos. Subindo no palco, gravando músicas...

Por sorte, as perguntas mais capciosas que ele fez foram essas. No camarim, chequei meu celular. Havia algumas mensagens de Alex, principalmente pedindo desculpas por não ter ido ao show domingo. Ele tinha prometido ir, mas não apareceu. Ignorei suas mensagens desde então. Minha vida está uma bagunça, uma montanha-russa. Não tenho tempo para homem que não me valoriza, que quebra as promessas que faz.

No dia seguinte à gravação, uma chamada para o programa começou a ser veiculada em rede nacional. A descrição do vídeo era assim:

Jefferson, o apresentador, ainda estava no estúdio de gravação, mas falava diretamente com a câmera.

— No programa de sábado, nós teremos a ilustre presença das Lolas! — A plateia aplaudiu com vontade. — Elas falaram sobre tudo! Thainá e Ester contaram sobre os relacionamentos...

A imagem mudou para um trecho onde uma Thainá muito apaixonada falava sobre Tiago.

— Eu sou muito, muito grata a ele por tudo que fez por mim. Mais ainda por ser alguém com quem eu posso contar de verdade.

A imagem volta para Jeff e ele continua:

— Também falamos com Paula sobre o primeiro bebê do grupo.

O rosto sorridente dela surgiu, enquanto falava sobre a saúde da filha.

— Ela está crescendo bem, saudável. Agradeço a preocupação.

— Por último, fizemos a pergunta que todo mundo está se fazendo: as Lolas vão ou não vão acabar?

— Não colocamos datas ou prazos — disse Paula, em um trecho cortado da fala dela. — Vamos com calma.

— Vamos aproveitar este tempo para um merecido descanso, férias. — Pularam para a fala de Ester.

— Tudo que é bom dura pouco — eu disse, em tom de brincadeira.

E foi esse trecho que me deixou mais irritada. Porque foi completamente retirado de contexto. Se as pessoas prestassem atenção, perceberiam isso. As meninas responderam as perguntas enquanto sentadas. Já na minha vez, eu estava de pé, em frente a uma espécie de púlpito, onde participamos de uma brincadeira. Com aquela frase, eu me referia ao fato de ter vencido três rodadas seguidas e, na quarta, ter perdido. Estava falando da minha fase vitoriosa, não da banda. Mas era tarde demais, e a fofoca tinha mais do que se espalhado.

Sites de notícia (fofoca) replicaram a matéria de forma insuportável. Nossos fã-clubes começaram a surtar e especular um milhão de coisas. Comecei a receber mensagens cheias de ódio, questionando se eu estava brava, se estava com raiva das meninas, se sairia da banda. Fiquei como "a víbora" que estava achando graça de toda a situação e confiando no fim das Lolas. Na quinta-feira, dois dias depois da gravação, fizemos um show. Era incrível como o rosto das meninas demonstrava a irritação com as notícias, e elas pareciam ter desviado todo o ódio para mim.

Não era a primeira vez que brigávamos. Antes mesmo de toda essa situação de Thai e Ester, carreira solo da Rai, gravidez da Paula, nós tivemos nossos momentos. Só que nada nunca foi como isso. No show daquele

*Carol Dias*

dia, em Balneário Camboriú, nem mesmo as brincadeiras que fazíamos no palco nós fizemos. Não havia clima. Interagíamos com os fãs, mas não umas com as outras.

E eu queria ser do tipo que segura a língua nesses casos, mas isso era impossível para mim.

— Olha, quem vê a forma fria como vocês estão me tratando, acredita que fui eu que decidi separar a banda — comentei, assim que entramos no camarim. Dessa vez, estávamos todas no mesmo.

— Ninguém culpa você por separar a banda, Bia — Thainá disse, vindo em minha direção.

— Não mesmo, Bia. Sabemos muito bem quem vai separar esta banda. Nós culpamos você por sabotar o grupo — a grávida soltou.

— Paula! — ralhou Thainá.

— Pior que é... — Ester comentou, rindo sem humor nenhum. — A gente combina as coisas, o que vai falar, como vai se comportar, mas a Bia parece sempre estragar tudo, soltar os comentários errados... Não dá para acreditar nisso, mas ela parece mesmo sabotar o grupo.

— Gente, pelo amor de Deus, todo mundo sabe que minha fala foi tirada de contexto.

— Bom, a gente sabe, mas o restante da imprensa não... — Raíssa comentou. — Todo mundo tem plena certeza de que você disse aquilo.

— Odeio ter que concordar com a Raíssa, mas é isso — Paula continuou. — Você quer alguma coisa com esse fim da banda também? Carreira solo? Virar atriz? Jogadora de futebol? *Influencer*? É só dizer. Quem sabe, assim já agiliza o processo, e a gente não precisa ficar mentindo para todo mundo.

— Chega, gente. Vocês sabem que não quero que a banda acabe. Eu votei para que déssemos um jeito de continuar, mesmo que aquela ali não quisesse. — Apontei para Raíssa. — Parem de descontar essa merda em mim.

— Então, pare de falar *merda*! — Paula disse, exaltada.

— O que? Não falei merda nenhuma!

— Duas declarações suas, nos últimos dias, nos deram mais dor de cabeça do que semanas de atitudes de merda da Rai — acusou Paula. — Seria incrível se você pudesse ter empatia com a grávida do grupo, com alguém que teve Síndrome do Pânico e com uma mulher que superou um relacionamento abusivo. *Larga* de pensar no seu próprio umbigo por cinco minutos e comece a se policiar para não falar mais merda nenhuma.

Eu não conseguia acreditar que minhas melhores amigas estavam virando as costas para mim desse jeito. Que estavam me acusando dessa forma.

Nem percebi, mas uma lágrima escorreu dos meus olhos. Brava, sequei-a.

— Vá à merda, Paula. Você se escutou? Ouviu o que acabou de me dizer? Vá a um grande e fedorento pedaço de merda.

— Vá você, Bia. Nós três estamos passando pelo inferno na vida há tempos. E você? O que você está sofrendo neste grupo? Nada! Então, vá à merda você!

— Chega! — Bravo, Roger entrou no camarim. — Está dando para ouvir essa briga do lado de fora. O que está acontecendo?

Sem conseguir acreditar que estava tendo aquela discussão com Paula, apoiada pelas três outras integrantes do grupo, decidi que era hora de sair.

— Sei lá, Roger. Achei que valia a pena brigar pelas minhas melhores amigas, mas parece que nossa amizade era só um contrato.

Ainda usando a roupa do show, passei a mão na minha bolsa e deixei o cômodo. Encontrei Ariane, que tinha ficado como minha assistente pessoal, e pedi que ela me levasse para o hotel. Ela era ótima, extremamente competente. Quis conversar, entender porque eu estava chateada, mas não deixei. Não queria falar com ninguém, só queria ficar sozinha. Ao chegar ao hotel, pedi que me ajudasse a desmontar. Tirei a roupa, a maquiagem. Fiz um rabo de cavalo, vesti minha camisa do Bastião e saí para correr. Estávamos perto da praia, o hotel ficava a cinco minutos.

Com meus fones de ouvido, Taylor Swift começou a cantar as músicas do *reputation*, e eu deixei a raiva dela me contagiar. A única coisa ruim desse álbum é que, ao mesmo tempo em que havia algumas músicas que combinavam com a minha situação, outras falavam de amor e sentimentos ruins. Começava com "eles dizem que eu fiz algo ruim, então por que isso é tão bom?", em *I Did Something Bad*, passava por "minha reputação nunca esteve pior, então você deve gostar de mim por quem eu sou", em Delicate, e terminava com "só comprei este vestido para que você pudesse retirá-lo", em *Dress*, que me lembrava de Alex.

Argh, que montanha-russa de sentimentos dos infernos!

Como a gota que faltava para o meu copo transbordar, meu telefone começou a tocar assim que parei minha corrida. Com o celular preso ao braço, atendi sem nem mesmo ver quem era.

— Pô, até que enfim. Achei que você não falava mais comigo. — Era Alex.

— Não deveria falar, mas atendi sem ver. Diga logo o que você quer.

— Um pouquinho de amor da sua parte, gata, só isso. Estou sendo ignorado há quase uma semana já.

— Alex, meu dia foi horrível. Estou esgotada. É melhor a gente não falar sobre "amor" e você ser ignorado.

— Ei, quer conversar sobre isso? Falar sobre o seu dia?

— Não faça isso... — Respirei fundo, voltando a caminhar para o hotel. — Não venha com toda essa empatia para cima de mim, querendo ser solidário.

*Carol Dias*

— Calma, gata. Rebobine. Se você estiver irritada, pode me usar para os xingamentos. Sei que vacilei com você no show de domingo. Só quero fazer as pazes.

— Olha, Alex, vamos ser bem honestos um com o outro. Eu viajo muito, você também. Nossas rotinas são horríveis. Não temos tempo para manter um relacionamento saudável. Como se não bastasse, jogador de futebol não sabe o significado da palavra fidelidade. Não vou ter saco para confiar em você e ser traída a cada mensagem que chegar no seu *direct*. Vamos manter nossas interações a uma noite de sexo, quando calhar de estarmos na mesma cidade, certo?

— Ei, gata. Não é assim. Os outros jogadores de futebol podem ser infiéis, mas eu não. A partir do momento em que a gente decidir que estamos ficando a sério, que temos um relacionamento, eu sou só seu. Agora, se você estiver a fim de brigar, fique à vontade. Conte para mim o que aconteceu aí nessa sua banda para te deixar tão irritada.

— Sabe o que é o cúmulo do cúmulo? — Parei de andar novamente e elevei o tom de voz. Por sorte, não havia ninguém na praia para presenciar meu surto. — Passei dias fula da vida com você, pelo que fez no domingo. Não sei por que combinou uma coisa, se não ia cumprir. Era mais fácil dizer que não podia. Se tivesse mandado a droga de uma mensagem de texto dizendo que não iria, já teria me deixado feliz. Mas não. Você não tem consideração por mim, nunca teve. Não aguento mais. Só que você não é o maior problema da minha vida. Acredite você ou não, as minhas dores de cabeça não giram em torno de homem. O "maior problema da minha vida" é um grupo de mulheres que, por anos, eu acreditei serem minhas melhores amigas, mas estão me virando as costas. E o cúmulo do cúmulo é que você seja a pessoa com quem eu me sinto mais confortável para falar sobre essa droga de assunto.

— Bia… — Sua voz soava como um lamento. — Que merda, gata.

— É uma merda — senti a voz embargar na hora. — Eu só queria poder sumir por um tempo e voltar quando tudo estivesse resolvido. — As lágrimas começaram a escorrer e não consegui controlar os sons, então Alex logo soube.

— Ei, preste atenção. Onde você está?

— Na praia, em Balneário Camboriú.

— Praia a esta hora da noite?

— Eu precisava correr, espairecer um pouco.

— Tem alguém por perto?

Olhei ao redor, mas estava bem vazio. As pessoas que eu podia ver estavam bem longe.

— Não, está bem vazio.

— Ótimo. Você consegue chegar perto do mar?

— Sim, só um minuto — comecei a caminhar até lá. — O que você quer com isso?

— Desestressar você. Chegue o mais perto que conseguir da água, tá?

— Ok, cheguei — avisei, depois de alguns segundos caminhando.

— Repita o que eu disser, tá?

— Ai, lá vem.

— Vá para a puta que pariu, sua filha da puta.

— Nossa, dá para usar um palavreado menos rebuscado? — reclamei.

— Não dá. Preciso que você diga essas exatas palavras. Um palavrão bem dito é libertador.

— Ok, vai — respirei fundo. — Vá para a puta que pariu, sua filha da puta. Quem é a filha da puta?

— A sua colega de banda que está te tirando do sério. Não sei quem é, então vamos apenas chamar assim. Agora anda, repita, mais alto.

— Mais alto?

— Sim, repita.

— Vá para a puta que pariu, sua filha da puta — xinguei, subindo alguns decibéis.

— Isso, mais alto. Não adianta reclamar — falou, quando eu ia dizer que não precisava. — Diga com toda a força do seu peito, jogue isso para fora.

— Vá para a puta que pariu, sua filha da puta — repeti mais alto. Por incrível que pareça, estava ajudando.

— Ok, agora gritando. Com toda a força mesmo.

— Vá para a puta que pariu, sua filha da puta — gritei, pensando em Paula e todas as coisas que ela me disse.

Continuei repetindo, pensando em Ester, que virou as costas para mim também, e em Raíssa, a grande culpada de toda a merda que estava acontecendo conosco. Só parei quando me senti mais leve. As lágrimas ainda desciam, mas eu estava muito melhor. Alex ficou lá o tempo inteiro, me incentivando. Quando eu fiz silêncio, deixando apenas as lágrimas descerem e minha respiração se normalizar, ele falou:

— Sinto muito por ter sido um babaca com você essa semana. Vou respeitar o que você decidir. Se não quiser me ver nunca mais, tudo bem. Se ainda quiser alguma coisa, é só me mandar uma mensagem. Prometo me comprometer mais, se for o caso. Você merece apenas o melhor, Bia. Quanto às suas amigas, estou sempre aqui para te ouvir e te fazer gritar em uma praia em Balneário. Faça a sua parte na banda e deixe que o destino se encarregue de resolver o que tiver que ser resolvido. Segure-se naqueles que realmente se importam e querem vê-la bem.

— Obrigada, Alex. Era desse tipo de apoio que eu precisava hoje.

— Sempre aqui, gata. Agora, leve essa bunda bonita de volta para o hotel. Está tarde e eu estou ficando preocupado.

Inspirei, sentindo-me bem melhor.

— Vou correndo. *Deixa* eu desligar aqui, mando mensagem quando chegar.

— Estarei acordado, esperando.

E ele ficou mesmo. Mandei uma foto no espelho do quarto, com um "cheguei", e ele respondeu com um "boa noite" e uma foto dele na cama, coberto até o nariz. Em seguida, mandou um áudio:

— Fiquei aqui olhando a foto e pensando em como você fica gata nessa camisa do Bastião. Gostosa demais. Um dia, essa sua camisa vai ser a 8 e vai ter meu nome nela.

Já tinha tirado a camisa, que estava sobre a cama. Virei-a e mandei uma foto do número 9 atrás.

> É a do meu ídolo, craque do clube. Você vai ter que se esforçar muito para me fazer trocar de número.

Logo apareceu que ele estava digitando.

> Vou fazer por merecer.

> Não faça promessas que não pode cumprir.

## Lolas afastam rumores de separação, mas desconforto é escancarado
*Questionado, o quinteto parece querer esconder problemas internos sérios*

Na última semana, as Lolas estiveram envolvidas em mais confusões, no que diz respeito ao futuro da banda. Em participação gravada para o Programa do Jeff, as integrantes tentaram, a todo custo, contornar a situação. "Felizmente, as meninas têm sido incríveis comigo e estão me apoiando de verdade", disse Paula

"Estamos mais fortes do que nunca", completou Ester.

Mas a dúvida mesmo veio em uma fala de Bianca: "Tudo que é bom dura pouco". Apesar de não se referir diretamente ao fim, colocou luz sobre o problema que a banda passa nos bastidores. Seria um *shade*[2] para elas mesmas?

Não é possível afirmar com certeza, mas parece que sim. Há alguns dias, Bianca também falou com uma fã sobre o assunto e disse não ter certeza do que a banda faria após a gravidez da colega. Pode ser que o fim das Lolas esteja acontecendo bem na nossa frente, mas vamos torcer para que não!

---

2    Gíria para "indireta".

*Carol Dias*

# OITAVO

*Eu vou seguindo seus passos, descobrindo fatos sobre você. Escalando alto pra te merecer. Surfando as ondas do seu cabelo... Sua beleza é um exagero.*
Hipnotizou - Melim

Precisei fazer uma troca.

Depois da exaustão que fazer parte das Lolas andava me causando, decidi tirar a manhã para as minhas crianças. Era uma escolinha do sub-13 com um time feminino, a única do Bastião que recebia meninas na cidade. Esse era um ponto que eu tratava com todos aqueles que eu conhecia no clube. Queria que dessem mais valor para a modalidade, principalmente nas categorias de base.

Era engraçado como, em poucos jogos, Alex já estava se tornando referência para a torcida. Ele era um excelente jogador, e as crianças já o amavam. Foi por isso que pedi que viesse comigo assistir ao treino das crianças naquela manhã de folga. Precisava aliviar a cabeça dos problemas recentes. A combinação Alex mais as minhas jovens talentosas era sinônimo de sucesso.

Mas foi aí que precisei fazer a troca.

Era a folga da semana dele, após o jogo de ontem, então sua real vontade era ficar em casa dormindo. Só que prometi a ele que, caso fosse comigo, nós poderíamos sair para almoçar e trocar uns beijos. Estava dando um gelo nele nos últimos dias, já que vacilou e muito comigo. Pelo bem das crianças, achei que era uma troca justa.

Havia algumas mensagens no meu WhatsApp, de Ariane, mas eu já tinha avisado que precisava da folga hoje de manhã, então decidi ignorar. Não queria ter que pensar nos problemas das Lolas quando estava com as minhas crianças. Conectei o celular ao carro e acionei a rota para a casa de Alex. Mandei uma mensagem avisando que já estava saindo, então não foi surpresa nenhuma vê-lo sentado na calçada do condomínio onde morava. Usava uma camisa de treino do patrocinador dele e carregava uma garrafa d'água e a bolsa de academia.

— Ei, não precisava esperar aqui. Eu podia te pegar lá dentro.

Ele fechou a porta e puxou meu rosto na direção do seu. Não neguei o beijo porque, lá no fundo, eu também queria. Só não ia dizer em voz alta.

— Aproveitei os quinze minutos que você levou para chegar aqui para fazer uma caminhada — comentou, deixando um beijinho na ponta do meu nariz.

— Com a bolsa de academia?

Ele deu de ombros. Depois, mexeu em algo na dita bolsa.

— Isto é para você — disse ao me estender algo embrulhado em papel de presente azul.

Um som de buzina me trouxe de volta para a realidade: eu estava parada na frente do condomínio, atrapalhando tanto quem passava na rua quanto quem queria sair. Peguei o embrulho e coloquei sobre a perna, dando partida no carro.

— Estamos trocando presentes agora? Porque não comprei nada para você.

— Não, não… Isso faz parte do nosso acordo para o dia de hoje.

— O que é?

Quando dirigia, eu evitava me distrair. Portanto, desembrulhar um presente era demais. O máximo que eu fazia era trocar a música que tocava ou falar com alguém ao telefone, se ele estivesse conectado ao carro.

— Abra para saber. Não vou entregar assim.

Para a minha sorte, um sinal de trânsito fechado não demorou a vir. Ao abrir o pacote, vi que era uma camisa do Bastião. Não precisei abrir para saber do que se tratava. Como esperado, no verso havia o número 8 e o nome "Alex Franz".

— Eu disse, já tenho um número de jogador para usar.

— Eu sei, mas hoje você vai usar o meu como parte do acordo.

— Aff, achei que você estivesse fazendo isso pelas crianças — resmunguei, vendo o sinal se abrir.

— Em partes. Pelas crianças, para passar mais tempo com você, te levar para sair, ver você usar minha camisa… São muitas coisas.

Fomos conversando amenidades até chegar à escolinha. Ficava na Praça Seca. Era um pouco longe de onde morávamos, mas sempre me senti muito bem lá.

— Ok, fale sobre o que vamos fazer — ele pediu, quando entrei no estacionamento.

— O treino de hoje é por nossa conta. Teremos a turma feminina do sub-13. Elas vão disputar um campeonato no fim de semana e o time está treinando firme. Todas as meninas estudam à tarde e vem para cá pela manhã.

— Por isso que você marcou às 6 h?

— Sim. Elas chegam aqui às 7 h. Devem chegar a qualquer momento.

Com o carro parado, afastei o banco um pouco e puxei a blusa por cima da cabeça.

— Bia, o que você está fazendo? — perguntou, assustado.

— Calma, cidadão. — Joguei minha camiseta no colo dele. Estava com um sutiã de treino. — Não vou ficar nua em um estacionamento de escolinha de futebol infantil. Só vou vestir sua camisa.

Saímos do carro logo em seguida. Indiquei o caminho para Alex, com a cabeça, e caminhei em direção à entrada. Percebi que estava sozinha e, quando olhei para trás, notei que ele tirava fotos de mim.

— Desculpe, é que eu precisava registrar essa imagem da torcedora mais gostosa do Bastião usando meu nome e número.

Ah, os elogios que os homens fazem quando querem levar a gente para cama…

— Vamos logo, Don Juan. Temos trabalho a fazer. — Esperei que ele se aproximasse, então sussurrei em seu ouvido: — Deixe as fotos para mais tarde, quando eu estiver usando sua camisa e mais nada.

— Droga, Bianca… — Ele xingou uma sequência de palavrões. — Não pode dizer essas coisas quando eu estou prestes a treinar onze adolescentes.

— O grupo tem 33 meninas.

Alex arregalou os olhos ao receber a notícia.

— Bom, o que eu vou dizer? — Suspirou, resignado. — Boa sorte para nós.

Ter Alex como treinador das meninas foi uma experiência, digamos, única. Para elas e para mim. Normalmente, elas achavam o máximo que eu pudesse estar lá no treino. Apesar de não ser profissional, eu sempre tinha alguém que sabia o que estava fazendo ali comigo. Minha presença era mais um incentivo do que uma troca de experiências.

Mas não com Alex. Depois de surtarem um pouco, elas se deram conta de que aprenderiam com um jogador que veio da Europa e que era o destaque do Bastião na temporada. Apesar de alguns suspiros aqui e ali, levaram muito a sério. E eu estava orgulhosa por isso.

Encerramos o treino com as atacantes fazendo finalizações, e elas estavam confiantes.

— Grupo, reunião antes de vocês se dispersarem — Alex chamou. — Estou muito orgulhoso de vocês, muito mesmo. No próximo sábado, vocês vão disputar um campeonato. Adoraria estar presente para vê-las, mas também tenho um jogo no dia. Quero que sejam corajosas, escutem o que o técnico de vocês pedir e vençam. Fiquem focadas. Agora, venham aqui para tirarmos uma foto bem bonita.

Elas se amontoaram atrás dele, animadas. Fui também para participar. Um dos funcionários do clube registrou o momento. Quando nos despedimos de todas, fui até ele, que me segurou pela cintura.

— Você daria um bom treinador, depois da aposentadoria.

Sorrindo, ele deu de ombros.

— É um dos meus planos de carreira para daqui a muitos anos. Tenho uns três encaminhados.

— Uau. Você pode me contar sobre todos eles no nosso almoço, ok? Precisa de uma chuveirada antes?

— Seria ótimo.

Depois de limpos, nós nos encontramos no meu carro. Alex queria fazer surpresa sobre onde iríamos almoçar, então eu disse a ele para colocar o endereço no meu GPS. Reconheci o endereço do shopping, que ficava na Barra da Tijuca, mas que tinha algumas opções de restaurantes e eu não sabia qual poderia ser o da vez. Por sorte, ele costuma ficar mais vazio. Achei uma boa ideia, já que eu não queria muito que me vissem com ele.

Não que eu estivesse escondendo algo. Quando você é uma celebridade e aparece acompanhada, automaticamente está vivendo um tórrido caso de amor.

O que Alex e eu estávamos vivendo até poderia ser tórrido, mas estava longe de ser amor.

Por fim, era um restaurante bem aconchegante, que servia refeições leves e pratos com frutos do mar.

— Não me lembro se você já comentou se gosta ou não, mas espero que sim — disse, escorregando a mão sobre a mesa, até que as pontas dos nossos dedos se tocassem.

— Eu gosto. Qualquer dia vou levar você ali na Praia do Recreio. Há um quiosque de frutos do mar lá que é uma espécie de bar e restaurante também.

— Gosto de ver que você está fazendo planos comigo. Significa que já me perdoou.

— Não há o que perdoar, Alex… Você não me devia nada.

— Hm… Sinto que estamos entrando em terreno perigoso, mas vou

*Carol Dias*

questionar do mesmo jeito: o que você quer dizer com isso?

— Olha, analisando todos os jogadores de futebol que eu conheço, só vejo dois tipos de relacionamento. Aqueles com um casal que se conhece desde pequenos, desde a base. Passaram juntos pelos momentos bons e ruins. Casam jovens e têm filhos. O outro tipo é aquele que não dura, que o jogador mantém vários contatinhos. Não acho que você seja capaz de me dar outro tipo de relacionamento diferente desses dois.

— Olha, acho que você generalizou demais.

— Acha mesmo? Porque a gente ficou, depois você sumiu. Ignorou mensagens, furou várias vezes comigo. Só me procura quando quer. Mas tudo bem, eu já entendi… — Peguei ar para dar a cartada final: — Você vai me tratar como mais uma da sua agenda telefônica, e é só isso que eu vou esperar de você daqui para frente. Um encontro ou outro quando der, uns beijos na boca e só. Qualquer coisa além disso é lucro.

Ele me encarou por alguns segundos, completamente atônito.

— É… — deixou o pensamento no ar. — Consegui deixar uma péssima impressão em você.

— Sim, conseguiu…

— Não vou te prometer o relacionamento perfeito de contos de fadas, Bia… Nossa vida é bagunçada demais para isso. Mas eu tenho uma certeza: não posso te deixar escapar. A gente tem uma conexão, Bianca. E eu estou muito a fim de ver no que ela vai dar.

Depois das mancadas que ele deu, eu não conseguia confiar 100% naquelas palavras. O medo de que me passaria para trás de novo era grande. Então dei de ombros antes de responder, para que visse que eu não contava muito com ele.

— Eu só não quero me machucar, Alex. Você já teve uma pequena noção de como está a minha vida por esses dias, então só tente não me ferir gratuitamente. Só isso que eu te peço.

Oportunamente, o garçom chegou com nossos pedidos. Aproveitei a pausa para pensar em um assunto, qualquer um. Não queria discutir ali um relacionamento que não teria futuro. Não esperar nada das pessoas era o melhor que eu poderia fazer. Na melhor das hipóteses, eu ainda poderia me surpreender.

— Como estão as coisas na sua banda?

Pensei um pouco antes de responder. Não queria compartilhar aquele problema com as pessoas. De alguma forma, todas as vezes que abri a boca para falar sobre o assunto, ele voltou para me assombrar. Mas, sei lá, era muito difícil não falar com Alex. O olhar dele era penetrante e lia a minha alma.

— De mal a pior. Thainá veio conversar comigo depois do que houve, mas foi a única. Disse que as meninas estão feridas e descontando em quem não tem nada a ver.

— Também acho que seja isso, mas não apaga o fato de ser errado.

— Foi o que eu disse a ela. Thai pediu desculpas pelas outras e não tocou mais no assunto. Decidi ficar na minha e esperar esta fase toda passar. Se elas se entenderem, ótimo. Se não, vou só seguir com a minha vida.

— Tudo bem, mas não deixe que pisem em você — disse, sério, olhando-me intensamente. — Amigos têm essa tendência. Eles acreditam que, pelo fato de serem próximos, têm o direito de nos tratar como quiserem. Não é bem assim, né?

Encerramos o assunto quando eu prometi me cuidar. Logo começamos a falar sobre outras coisas, como o gosto dele por séries policiais, que combinava muito com o meu, as meninas da escolinha e futebol. Sempre futebol. Distraídos, passamos um pouco da hora para o treino dele. Quando percebemos, pagamos a conta apressadamente e saímos em disparada. O elevador demorou mais do que deveria e, quando veio, estava praticamente na sua capacidade total, mas demos um jeitinho de entrar.

Acabamos invadindo um o espaço do outro, e Alex segurou minha cintura, acariciando-a com o dedão. Meu corpo moldou-se ao dele como se estivesse acostumado. Alex tocou a lateral da minha cabeça com os lábios e esfregou o nariz pelo meu cabelo. Era como se tentasse memorizar o cheiro.

No estacionamento, passou o braço pelo meu ombro, puxando-me para me manter por perto.

— Você tem compromisso agora, né? Não precisa me levar ao Centro de Treinamento. Aceito ficar em qualquer lugar pelo seu caminho. Posso pedir um Ub…

— Nada disso. Meus compromissos podem esperar. Vou deixar você na beirada do campo, se for o caso.

Aos nos aproximarmos, destravei o carro e esperei que ele se afastasse, mas Alex fez o oposto. Ele me encostou perto da porta e aproximou o rosto do meu.

— Sei lá o que você fez, mulher, que me hipnotizou. Escolhi o caminho idiota várias vezes com você, seja enrolando para responder suas mensagens ou não dando a devida importância às promessas que te fiz, mas não dá. — Entrelaçando os dedos nos meus, ele levou nossas mãos até seu peito. — Fico assim quando estou com você. Quero fazer o que for preciso para te conquistar assim como você me conquistou. Não me importo se você acha que não quero me comprometer, vou te mostrar que sei ser uma pessoa séria também — ele encostou a testa na minha e continuou: — Mas não quero ser abusivo com você e fazer algo que você realmente não quer; então, vou perguntar: Bianca, você aceita ser seduzida por mim?

Rindo, deixei o sorriso escapar. Por um momento, faltaram-me palavras para responder. Não queria cair fácil na dele, mas também não podia parecer seca.

— Você ensaiou esse discurso em frente ao espelho? — fiz piada, tentando desfazer a tensão entre nós. — Faça o seu melhor, jogador. — Dei dois tapinhas no seu peito e estava pronta para me afastar, quando ele segurou meu queixo.

— Não tão rápido, mocinha. Antes, sua boca tem um encontro com a minha. — Após a fala cafona, Alex não perdeu tempo.

Demos um beijão de cinema por alguns minutos, até nos darmos conta de que ele já tinha mais do que extrapolado o horário do treino. A atividade deve ter começado no minuto em que saímos do shopping.

Deixei que ele se encarregasse da música enquanto eu dirigia. Sem nem perceber, Melim tocava nos meus alto-falantes. E a voz desafinada de Alex cantava a música Hipnotizou como se falasse para mim:

"Surfando as ondas do seu cabelo... Sua beleza é um exagero. Tô jogado aos seus pés tipo Cazuza, vidrado nos seus olhos de Medusa."

Fiz o caminho o mais rápido que pude. Ao deixá-lo na porta do clube, estiquei-me para um beijo rápido.

— Tchau. Fico no Rio até quinta. Ligue se quiser me ver.

Dando uma risadinha, ele abriu a porta do carro.

— Mais tarde, gata. Você me prometeu umas fotos com a minha camisa. Vou cobrá-las.

Entrando no jogo, dei de ombros.

— Só se você for tirar essas fotos no ao vivo, anjinho. Então, trate de cumprir a sua palavra e ser presença mais frequente.

Roubando outro beijo, ele desceu do carro.

— Seu pedido é uma ordem. — Alex piscou e começou a caminhar para a portaria.

Dirigi dali para casa. Eu tinha tempo de tomar um banho antes de seguir os compromissos das Lolas. Ao estacionar, peguei meu telefone para me atualizar.

Abri uma mensagem de Rodrigão, companheiro de Alex e meu amigo, com um vídeo dele passando pelo corredor polonês por causa do atraso. Estava pronta para digitar uma mensagem de volta, quando marcações começaram a chover no meu Instagram. Eu só recebia notificação de quem eu seguia, mas tinha feito isso com alguns fã-clubes. As postagens eram deles. Abri a mais recente, que trazia um compilado de fotos minhas com Alex no shopping.

A primeira era de nós dois dentro do restaurante. Só dava para ver meu rosto, mas Alex estava de costas. Na foto seguinte, ele me abraçava enquanto o elevador se fechava. Dessa vez, era o meu rosto que estava escondido. Mas uma coleção de fotos nossas no estacionamento foram divulgadas também. O texto da postagem era algo assim:

@CentraldasLolas: O amor chegou para mais uma das nossas Lolas! Bianca foi vista muito bem acompanhada, em um restaurante na Barra da Tijuca, hoje. O novo affair da cantora é a mais recente contratação do Bastião, time do coração da musa, Alex Franz. Os dois foram as estrelas da campanha de divulgação dos novos uniformes do time, o que parece ter aproximado o casal. E aí, sugestões para o nome do novo shipp?

Minha Nossa Senhora das Jovens Que Querem Beijar na Boca, a gente não consegue ter um dia de paz mesmo.

# Nono

**Cause you'll be safe in these arms of mine. Just call my name on the edge of the night and I'll run to you.**
*Porque você estará a salvo nestes meus braços. Apenas chame meu nome na beira da noite e eu vou correr pra você.*
Run to You - Lea Michele

— Bia, seu telefone está tocando. É a segunda vez — disse Ariane, entregando-me o aparelho.

— Quem era? — Peguei da mão dela, abrindo logo as notificações. Não precisava ter perguntado, mas enfim.

— Alex. O carro que você pediu para te levar para casa já está aí.

— Ai, Ari, você é perfeita. Vou mandar uma mensagem avisando que ligo depois, assim me desmonto logo.

— Então vire para eu te ajudar a tirar o microfone — pediu e eu fiz.

Enquanto ela desprendia os equipamentos da minha roupa, digitei uma mensagem apressada para Alex, pedindo que esperasse mais vinte minutos. Fui rapidamente retirar o figurino.

Até mesmo olhar para as Lolas me magoava ultimamente. Nos meus pensamentos, as palavras que me disseram e a forma como se colocaram contra mim estavam mais vivas do que qualquer outra coisa. Doía, eu não era doida de esconder. Sempre achei que poderia, pelo menos, contar com a minha banda. Contar com as outras únicas quatro pessoas na face da Terra que entendiam o que essa carreira fazia com a gente. Achei que conseguiríamos superar conflitos internos e problemas individuais.

Quebrei a cara. Além de brigarmos, de estarmos nos separando, fui crucificada por quem eu considerava minhas melhores amigas.

Sei que a situação da Thainá é complicada. Viver um relacionamento como o que ela tinha e se desprender de tudo isso não é para qualquer um.

A da Ester então… Síndrome do Pânico é coisa séria. Não consigo nem mensurar como deve ser sentir que seus pensamentos, sua cabeça, estão fora do lugar.

O que acontece com Paula, todos os hormônios, a forma como a gravidez foi o estopim para tudo...

Mas isso não justifica o que elas estão fazendo. Não mesmo.

Sempre fui do time que prefere não culpar ninguém. Em vez de viver procurando culpados, eu gostava de procurar soluções. Em toda essa situação com a Raíssa, era difícil não jogar a responsabilidade pela nossa briga nela. Seja pela falta de empatia, por não ter tido nenhum tato ou por pensar somente nela. Era difícil não odiar a pessoa que levantou a discussão que jogou as Lolas umas contra as outras. Mas eu me esforçava para não trazer mais ódio para o grupo.

Minha vontade era que toda a união que tivemos em um primeiro momento tivesse perseverado. Preferia ter colocado Raíssa na parede quando tudo isso começou. *Vamos ter compaixão pelas coleguinhas, ou tchauzinho. A porta da banda está aberta.*

Só que deixamos a coisa correr. Alimentamos raiva, ódio, uma infinidade de sentimentos ruins por nossas companheiras de palco. Agora, tudo que se desenhava na minha frente parecia um caminho sem volta. A menos que pedíssemos perdão com verdade no coração, não conseguia enxergar nossa amizade voltando a ser como era.

Talvez ainda houvesse chance de a banda sobreviver; tínhamos um contrato e uma multa pelo descumprimento dele. Eu não tinha certeza se havia chance de nossa irmandade continuar, com todas aquelas coisas contra nós.

Mas, pelo menos, no meio de toda essa loucura, Alex estava me surpreendendo. Depois do dia em que fomos dar aulas para as meninas do sub-13, a mídia já nos considerava um novo casal. Fomos fotografados no cinema, e isso serviu de confirmação que o namoro estava firme e forte. Na verdade, não tínhamos nada definido, mas estávamos envolvidos. Nós nos falávamos todos os dias, seja para mostrar alguma coisa engraçada sobre nosso "namoro" na mídia, seja para dividir algo que aconteceu no nosso dia. E eu recebia vídeos diários dos treinos dele, de alguma piada que os companheiros de equipe tinham feito. Na maioria das vezes, ele nem precisava me mandar. Algum dos caras da equipe fazia esse favor.

Depois de passar algum tempo na presença fria das meninas, as mensagens dele costumavam aquecer meu coração.

Sempre fui apaixonada por esportes, dos mais variados. Na escola, minha matéria favorita era Educação Física. Levei o vôlei a sério por um tempo, mas me descobri cantora e desisti. Fiquei encantada pela minha voz, pela dança. Quis fazer isso pelo resto da minha vida. Dei a sorte de participar do *reality*, de encontrar companheiras, de formar uma banda.

O esporte ficou de lado, virou *hobby*. O Bastião ocupou um espaço enorme no meu coração. Com a fama, passei de uma torcedora de arquibancada para uma apoiadora. Antes mesmo de ser escolhida para campanhas de publicidade, eu era amiga dos jogadores e apoiadora das escolinhas de diversos esportes.

E eu estava por dentro dos bastidores, o suficiente para saber que o *status* de relacionamento de um jogador de futebol é algo complicado. Expliquei isso para Alex no último encontro, essa minha teoria. As mulheres faziam fila para ficar com eles. Eram os próprios astros do rock, só que no mundo dos esportes. Havia outra corrente de homens que conheciam uma companheira quando mais jovem, e eles permaneciam juntos por muito tempo. Mas, no geral, eu conhecia bem o grupo dos jogadores solteiros, e tinha prometido não me envolver com eles.

Só que agora já era tarde. Deixei meus dois pés atrás com Alex, mas ele complicava minha situação ultimamente. Odiava não atender suas ligações. Adorava encontrá-lo on-line no WhatsApp. Perdia horas preciosas de sono para ficar conversando com ele depois do show.

Foi por isso que, quando soube das duas ligações perdidas, troquei de roupa em tempo recorde e fui para o carro, querendo falar com ele.

Nosso show era em Araruama naquele sábado. As meninas tinham decidido ficar na cidade, voltar apenas no dia seguinte. O próximo show seria na capital, no domingo, e eu queria ficar em casa de manhã, porque era a folga de Alex depois do jogo e tinha planos de marcar algo com ele, um café da manhã talvez. Estava ficando um pouco trouxa, mas acho que fazia parte. Inícios de relacionamento são assim. Mesmo que não avancem muito, temos a tendência de ficar meio bobos com toda a situação.

— Pronto, vamos — avisei para Ariane.

Ela assentiu, liderando o caminho até o estacionamento da casa de show. Ao chegar lá, deparo-me com Jaime, que costuma nos levar para vários compromissos no Rio.

— Jaiminho! — Abracei o adorável senhor, que não sabia bem como responder.

— Oi, garota.

— Que bom saber que você vai me levar. Fico até mais tranquila.

— Cuidar de você é importante, Biazinha. Vamos, quero chegar no Rio antes das três.

Dei uma olhada no relógio. Ainda era por volta de meia-noite e meia. Certamente chegaríamos lá.

— Seu Jaime, tudo bem se eu fizer uma ligação? — perguntei, assim que estava devidamente acomodada no banco de trás.

— Fique à vontade. Se precisar de mim, estou aqui.

Não demorou muito para que Alex atendesse, uns dois toques foram suficientes.

— Ei, desculpe não atender naquela hora.

— Ei, não esquenta. Você estava trabalhando. Agora está livre?

— Sim. Estou no carro, voltando para o Rio.

— Está sozinha? — seu tom pareceu preocupado.

— Seu Jaime está me levando. Ele é um dos nossos motoristas.

— Ok. Você confia nele, né?

— Sim, não se preocupe. Como foi o jogo?

Posso ouvir o suspiro desanimado imediatamente.

— Nós vencemos, 2x0. — Esperei pelo "mas", porque sentia que ele estava chateado. — Os peruanos estavam batendo muito na gente. Um cara me deu uma entrada dura no lance do segundo gol. Fiquei lá, caído no gramado, enquanto o time todo comemorava.

— Ai, Alex... — comentei, sentindo empatia pela situação.

— Vou fazer exames amanhã, no Centro de Treinamento, para confirmar. O médico disse que, se o que ele acha se comprovar, precisarei de quatro meses de recuperação.

Merda. Quatro meses para um jogador de futebol é quase uma competição inteira.

— O que você decidiu fazer?

— Não tenho o que fazer, Bia. Agora é fisioterapia e ponto — seu tom é resignado. — Se o que ele acha se confirmar, vamos ter que intensificar isso ao máximo. Ainda não conversamos direito, acho que só vou saber pela manhã. Eu só... — Ouço seu suspiro e posso perceber quanto está triste. — É uma merda, Bia. Deixei a Europa, muita gente no Brasil não me conhecia. Estava jogando bem. Essa lesão vai esfriar tudo. Quando voltar, vou ter que começar do zero. Pegar ritmo de novo... Sem falar do tanto que vou desfalcar a equipe.

— Fica calmo, tá? Você vai passar por essa. Primeiro é bom você saber direitinho o que foi, depois a gente pensa em um calendário para essa recuperação. Nem que tenha que fazer algum tratamento por fora em casa.

— Eu sei. Acho que preferia ter ido do estádio direto para o hospital. Essa coisa de não saber exatamente o que tenho... Estou ficando maluco.

— Se fosse tão grave para você surtar, o médico teria te levado de ambulância direto para o hospital. Não foi isso, né?

— Não foi.

— Então *relaxa*. Queria estar mais perto de você, aí no Rio, para ser sua enfermeira.

— Hm... — murmurou, soando animado com a sugestão. Era o que eu queria. Fazer a mente dele pensar em outras coisas. — Acho que me recupero mais rápido com seus serviços de enfermeira. Onde você está mesmo?

— Araruama. Pegando a estrada para o Rio.

— Ei, Araruama é aqui pertinho. Se quiser, espero você aqui em casa.

— Vou chegar tarde, Alex. Seu Jaime está calculando três da manhã.

— Não tem problema. Quando você chegar, me acorde. Queria só dormir com você. Minha saúde mental é a primeira beneficiada.

Concordei, porque a ideia me pareceu bem promissora. Não podia negar que estar nos braços dele era muito bom. Com o tanto de viagens que nós dois tínhamos por conta do trabalho, eu sabia que isso não era algo que aconteceria com frequência. Esse era outro problema de namorar um jogador de futebol. A agenda deles é tão lotada quanto a minha.

E eu não pretendia parar de cantar para ser a namorada/esposa do jogador.

— Quer que eu te deixe na casa do seu namorado? — Jaime perguntou quando desliguei o telefone.

— Por favor, Jaiminho. É na Barra. Eu te guio quando chegarmos lá.

— Claro. Se você quiser tirar um cochilo, eu te acordo.

— Obrigada. Vou descansar os olhos um pouquinho mesmo. Mas, Jaime… Ele não é meu namorado.

— Tem certeza? Porque, pelo seu tom de voz, parece que se não é, será em breve.

— Ah, Jaime… — Dei um suspiro. — Gosto dele, mas não sei. Você sabe bem que a vida da gente é uma bagunça.

— Não esquente com isso, menina. Se for para ser, você vai saber.

Deitei no banco de trás do carro e dormi com facilidade. Depois de um tempo na estrada, a gente aprende a não ter muita frescura para cochilar. Qualquer lugar, qualquer hora. Como prometido, Jaime me acordou quando chegamos ao pedágio da Linha Amarela. Dei a direção a ele, de onde Alex morava. Mandei uma mensagem para ele avisando que estava perto, mas não tive resposta durante um tempo. Jaime perguntou se queria que esperasse quando chegamos ao prédio, mas vi que Alex ficou online.

De todo jeito, o porteiro abriu para mim imediatamente. Disse que me reconheceu das outras vezes. Recebi mensagem de Alex quando entrei no *hall* do prédio, avisando que pediria ao porteiro para abrir. Comentei que já estava dentro, esperando o elevador. Ao chegar ao andar, seu rosto amassado denunciava que ele tinha dormido. Com o torso nu e o cabelo bagunçado, preenchia toda a porta. A única coisa que destoava era a tala que envolvia seu joelho.

— Não queria acordar você, desculpe.

Ele nem respondeu. Passou o braço pela minha cintura e me puxou para perto. Beijou-me devagar, despertando meu corpo com o toque gentil.

Até que, após trocar o pé de apoio, gemeu e se separou de mim.

— Droga.

— O que houve? O que eu fiz?

— Nada. — Afastou-se, entrando no apartamento. — Ainda não me acostumei com este joelho. Forcei e doeu.

Entrei junto com ele, fechando a porta atrás de mim.

— Quer que eu pegue um gelo?

— Não… Vou ficar bem. — Ele passou a chave na porta e nós entramos. — Quer comer alguma coisa? Está com fome?

— Não, comi antes do show. Só quero descansar mesmo.

— E um banho? Adoraria te fazer companhia, mas este joelho não está ajudando muito.

— Um banho seria bom, só troquei de roupa depois do show.

— Vou pegar uma toalha… — comentou quando chegamos ao quarto, mas eu logo o cortei.

— Vá deitar. — Abracei as costas dele. — Toalhas no banheiro, você me mostrou outro dia. Dou meu jeito.

Ele passou os braços por cima dos meus e suspirou.

— Não demore. Tomei um remédio que o médico mandou e estou meio sonolento.

— Percebi. — Deixei um beijo no ombro dele e me soltei. — Vá, não se preocupe comigo.

Tomei um banho bem rápido. Saí enrolada na toalha, com a missão de vestir uma camisa dele. Alex estava de olhos fechados, suponho que dormindo. Ao pé da cama, havia uma camiseta. Rindo sozinha, percebi que ele tinha separado uma para mim. Vesti fazendo o mínimo de barulho possível. Entrei debaixo das cobertas e toquei seu ombro com carinho. Não queria acordá-lo, só ficar mais perto.

— Amanhã eu te pego de jeito, mulher — resmungou, aproximando o corpo do meu.

Rindo, cheguei mais perto, abraçando-o. Conchinha era uma posição boa tanto para quem estava dentro quanto para quem estava fora. Senti seu corpo no meu, a respiração cadenciada que me fez pegar no sono com facilidade.

Acordei, na manhã seguinte, com meu telefone tocando antes das sete. Era Ariane, que pediu mil desculpas por ter me tirado da cama. Disse que veio direto de Araruama e estava no meu prédio com algumas roupas para eu provar. Precisava ser cedo, porque uma delas era do show de hoje.

— Estou na casa do Alex. Preciso de uns vinte minutos para chegar aí.

— Desculpe mesmo, Bia.

— Nada. Eu que inventei de vir mais cedo para casa. Espere um pouco que já irei.

Voltei para o quarto e Alex estava sentado na cama. Parecia parcialmente acordado. Sentei na frente dele.

— Tudo bem?

— Desculpe te acordar. Era minha assistente. Preciso experimentar umas roupas para o show de hoje. Vou dar uma passada…

— Onde ela está?

— No meu prédio.

— Por que ela não vem aqui? Assim você não precisa sair correndo.

— Você não se importa?

— De jeito nenhum. Desde que você fique na minha cama enquanto isso.

— Não deve demorar.

— Ótimo. — Passou o braço na minha cintura e me puxou na direção do corpo dele, deitando-nos na cama.

— Alex! — exclamei.

— Mande a mensagem para ela, com o endereço, e me dê um beijinho. Já estou mais acordado que ontem.

Rindo, digitei a mensagem. O beijo se estendeu por bastante tempo, e trocamos carícias até que o interfone nos trouxe de volta.

— Deve ser ela. Posso atender, né?

— Claro. Ela se importa se eu não for até lá? — quis saber, enquanto eu saltitava para fora.

— Não, eu aviso que você está com o joelho ferrado.

Nem me importei com o fato de vestir apenas uma camisa de Alex. Ao menos eu estava de calcinha, e Ari já tinha me visto nua. Nós duas nos resolvemos rapidamente e ela trouxe minha bolsa de academia, que eu tinha esquecido lá. Felizmente, havia algumas roupas limpas que eu poderia usar durante o dia.

— Antes de ir embora, preciso mostrar uma coisa a você. Sei que você acordou só agora, então não deve ter visto. — Ela me estende o celular. — Estamos vendo como fazer para abafar.

Era uma reportagem de um jornal grande, intitulada "Os bastidores sombrios do fim da maior *girlband* do Brasil". Nela, o repórter descrevia em detalhes o que estava acontecendo com as Lolas. Ele, é claro, aumentou e muito a situação. Acertou em algumas coisas, nas principais. Falou sobre a reunião que tivemos e que deu origem às brigas. O problema, porém, foi o alvo que ele escolheu: euzinha.

Segundo a matéria, eu tinha questionado o fato de termos que atrasar as agendas para que as meninas tirassem tempo para si mesmas. O estopim para mim foi a gravidez de Paula e o anúncio de Raíssa sobre a parceria com a Age 17. Fui pintada como a vilã da história. A vaca mal-amada que não teve sensibilidade com as amigas e que morria de ciúmes da parceria internacional da companheira.

Teorias da conspiração como essa surgiam aos montes, sobre diferentes assuntos. O problema era que o veículo que soltou a matéria era grande, alcançava muita gente. E todos os fã-clubes das Lolas estavam *surtando* desde então.

— Não… Não sei nem o que dizer, Ari.

— Roger me contou o que aconteceu na tal reunião, contou para todas as assistentes. Falou os fatos, com uma visão de fora. Estamos trabalhando em como responder. Vou te pedir para ficar fora das redes sociais hoje. Deixe-nos encontrar a melhor solução, tá?

Abalada, eu apenas concordei. Quinze minutos depois da chegada de Ariane, já me despedia dela na porta do apartamento. Caminhei lentamente até o quarto, minha cabeça girando com as informações.

Isso mudava tudo. Tudo.

A forma como as fãs olhariam para mim. O funcionamento da banda. A linha de questionamento da imprensa nas entrevistas.

Para alguém que se esforçava para não culpar ninguém, mesmo não conseguindo às vezes, fui colocada como o próprio Judas. A Camila Cabello do Fifth Harmony. O Nick Jonas dos Jonas Brothers. A Nicole do Pussycat Dolls.

Eu era responsável pelo fim da maior *girlband* brasileira de todos os tempos.

— Ei, foi tudo bem? — Alex perguntou com uma voz carregada de sono.

Deitei na cama, de frente para ele, que passou os braços pela minha cintura.

— Com as roupas, sim.

— Com alguma outra coisa não? — Ele afastou uma mecha que caía nos meus olhos enquanto assenti para ele. — O que foi?

— Saiu uma matéria me apontando como a responsável pelo fim da banda.

— Espere, calma. Ainda está muito cedo. Sua banda acabou de vez?

— Não. Mas, se acabar, a culpada também não sou eu. Você acha que eles se importam?

— O que dizia a matéria?

Contei a ele o resumo. Alex suspirou e secou uma lágrima ou outra que escorreu durante o discurso.

— Desculpe, eu não queria chorar, é só que eu não aguento mais.

— Não precisa pedir desculpas, süsse. A irresponsabilidade da imprensa não é culpa sua. Eles escrevem as coisas querendo vender e esquecem que existem pessoas por trás de tudo.

— Eu sei, Alex. Mas está cada vez mais difícil lidar com isso. Alguns fãs estavam chateados comigo, mas, depois disso... Eles estarão putos. Minhas amigas me odeiam. Uma das pessoas que eu mais considerava na vida é uma vaca egoísta. E eu fico no meio disso tudo, sem ter tido nada a ver.

— É uma merda mesmo.

Para tentar me acalmar, ele ia afagando meu cabelo. Estava funcionando. No meio daquela guerra, eu me sentia querida por ele.

— Às vezes, eu queria poder sumir.

— O que vocês decidiram fazer?

— Minha assistente pediu para eu ficar fora das redes sociais hoje. Eles estão vendo o melhor caminho. É aquilo. Querem negar, mas nem tudo na matéria é mentira. E eu nem posso revelar que não fiz nada daquilo, porque teria que entregar que Raíssa foi insensível, não eu. De todo jeito, traria uma imagem ruim para a banda.

— Entendo. — Ele segurou meu rosto com a mão, fazendo com que olhasse para ele. — O que você quer que eu faça? Como posso ajudar?

— Não sei. Faço nem ideia de como eu vou lidar com isso.

— Tudo bem. Quando você precisa sair para o seu show?

— À tarde, depois do almoço.

— Ótimo. É quando eu preciso me reapresentar no clube. Vamos ficar os dois aqui, ok? Passar a manhã inteira na cama, namorando, conversando e nos distraindo. Assim, nem você vai pensar na sua banda, nem eu vou pensar na minha lesão.

Sorri, pensando que era exatamente isso que eu precisava. Esquecer e deixar que as pessoas a quem eu pagava um salário resolvessem. Cuidar de quem cuidava de mim.

# DÉCIMO

**Set fires to my forest, and you let it burn. Sang off-key in my chorus, 'cause it wasn't yours. I saw the signs and I ignored it. Rose-colored glasses all distorted. Set fire to my purpose, and I let it burn.**

*Colocou fogo na minha floresta e a deixou queimar. Cantou fora do tom no meu refrão, porque não era seu. Eu vi os sinais e os ignorei. Usando óculos com lentes cor-de--rosa completamente distorcidas. Você incendiou meu propósito e eu o deixei queimar.*

Lose you to love me – Selena Gomez

Mais tarde naquele mesmo dia, deixei Alex no Bastião antes de seguir para o local do show. Seguindo as orientações de Ariane, não dei as caras nas redes sociais e conseguimos nos distrair bem enquanto namorávamos, comíamos e assistíamos a filmes. Nosso objetivo foi concluído com sucesso: estávamos tão desligados do que acontecia no mundo exterior, que quase perdemos a hora.

— Cheguei aqui — avisei logo que ele atendeu. — Você vem mais tarde, né? No show?

— Se der tudo certo, vou sair daqui e pegar um Uber. Estão avaliando a extensão da lesão.

— Ok. Mande mensagem quando souber.

— E você me diz como as coisas estão por aí, tá? Não deixe ninguém pisar em você e me ligue se der qualquer problema.

— Ligo. Agora preciso ir.

Entrei no camarim quase vazio. Apenas Ariane, Roger e Cecília estavam presentes. Nós nos cumprimentamos rapidamente e sentamos no sofá.

— Já conversamos com as outras Lolas, deixamos você por último — Roger começou. — Não queríamos nos meter nas confusões de vocês. Sabemos quem começou tudo isso: Raíssa. Sabemos quem ela culpou pelas decisões que tomou: Thainá, Ester e Paula. Você não teve nada a ver com essa briga, Bianca. Mas ela caiu no seu colo, e agora você vai ter que dançar conforme a música.

— Não sei nem o que fazer ou dizer. Sei que solto a língua mais do que devo, às vezes, mas foram longe demais nessa.

— Sabemos disso, Bia — Cecília disse, com seu tom sereno. Não era sempre que nos fazia visitas, mas nos momentos mais importantes ela estava lá. — A última coisa que quero aqui é culpar você por algo. O que faremos é tomar atitudes para contornar essa situação. Por exemplo, depois da nossa conversa, soltaremos uma nota para a imprensa, desmentindo a reportagem do jornalista. Diremos que a banda segue unida, cumprindo a agenda de compromissos normalmente. Mas queremos pedir que você evite falar sobre o assunto, seja com a imprensa ou nas redes sociais.

— A ideia é que possamos blindar vocês cinco pelos próximos meses — contou Ariane. — Entrevistas controladas, aparições pontuais. Não vamos deixar que essas brigas vazem. O que pedimos é que, daqui para frente, vocês mantenham a civilidade e o bom relacionamento.

— Vamos fazer isso até que Paula precise parar por conta do bebê — Roger completou. — Depois disso, traremos um plano de carreira para as cinco. Seja como uma banda, seja como cantoras solo. Mas, no momento, é importante que mantenhamos as aparências, ok? Sabemos que podemos contar com todas vocês sem precisar de nenhuma atitude mais drástica.

Eu sabia bem o que era uma atitude mais drástica. Nosso contrato era muito bom, comparado a vários outros da indústria. Mas tinha pontos negativos. Havia uma cláusula na qual não poderíamos ser diretamente responsáveis por diminuir o valor da marca Lolas. Briga entre integrantes era, com toda certeza, uma forma de colocar o nome das Lolas na lama. Deixava fãs inseguros de que iríamos nos separar. Ir contra a cláusula significava multa. E das grandes.

Mas nunca fizemos isso de verdade. Nunca precisamos ser punidas. Amávamos estar naquela banda e faríamos qualquer coisa para valorizar nosso nome, mais e mais. Trabalhávamos exaustivamente para isso.

Até agora.

Nos últimos meses, parecia que a única coisa que sabíamos fazer era pisar na colega. Chumbo trocado de todos os lados.

Depois que a conversa se encerrou, comecei a me preparar. Parte da equipe veio me produzir e fiquei pronta bem rápido. Gravei áudio para Alex contando sobre o que tinha acontecido, resumidamente. Expliquei que estava em cima da hora para a apresentação. Ele me respondeu que não conseguiria chegar para o show, mas combinamos de nos ver à noite.

Fui chamada sozinha para passar o som. Não vi as outras meninas em momento nenhum, apenas segundos antes de subir ao palco, quando começaram a colocar os equipamentos em nós. Mesmo com um oi aqui, outro ali, ninguém olhou para mim. Era como se eu não existisse de verdade. Não havia conversas paralelas nem brincadeirinhas. Meu peito começou a apertar com esse sentimento de que havia perdido completamente minhas melhores amigas. E eu não tinha outras com quem pudesse contar.

Desde a escola, sempre fui muito competitiva. Amava esportes, campeonatos. Isso acabou afastando algumas amizades. Em parte, era minha culpa: queria ganhar de todo mundo, todas as vezes, até mesmo de amigos. Quando a banda começou, fiquei tão focada nisso que acabei me afastando de todo mundo. Eu tinha, por sorte, minha família, e não me sentia sozinha graças a eles.

Mas ter a banda retirada da equação... Definitivamente, havia pouca gente a quem eu sabia que poderia recorrer. Claro, pessoas se aproximavam de nós nesse meio e eu tinha um bom relacionamento com muita gente famosa, além dos caras do futebol. Mas, amigas mesmo... eu sentia que estava perdendo cada uma delas.

Logo que a noite caiu, era hora de começar o show.

— Bom, meninas, quero dizer uma coisa — Paula começou, logo que fizemos o círculo de oração antes de subir. — É difícil encarar isso, mas não somos mais quem éramos meses atrás. Thai se libertou de um relacionamento de merda, Ester superou uma doença que a aprisionava, Raíssa encontrou um desejo de seguir com seus próprios projetos, e eu vou ser mãe. Podemos seguir os próximos meses e compromissos de várias formas, mas acho que o mais coerente para todas nós é aprender a conviver com respeito.

— Acho extremamente coerente se a gente seguir essa linha — continuou Ester. — Com tudo o que foi dito e feito entre nós, forçar que ainda sejamos amigas pode ser demais. Vamos apenas cuidar umas das outras e nos respeitar, ok? Esse é o nosso trabalho, e todas amamos o que fazemos. Não vamos estragar isso na reta final.

Com o aceite de todas, Thainá puxou a oração. Fizemos o show ignorando as notícias do dia e seguindo a política da boa vizinhança. Respirei aliviada quando percebi que acabou. A tortura foi prolongada com a informação de que receberíamos fãs no camarim. Eu amava recebê-los, mas com o clima que estávamos…

Felizmente, as coisas caminharam bem. Quando acabou, deixei que o povo se matasse para se desmontar e fui falar com Alex.

— O que, exatamente, você acha que eles vão fazer? — questionou, depois que eu repeti o que foi falado na reunião.

— Não dá para saber exatamente, mas acredito que as entrevistas vão ser mais controladas, vão soltar uma nota da assessoria, essas coisas. A melhor forma de desmentir o fim da banda é continuar com a agenda de compromissos. — Empurrei a porta que levava ao estacionamento. Caminhei até um poste de luz, onde me apoiei. — Nós cinco também conversamos antes de subirmos ao palco, combinamos de manter o respeito acima de tudo. Acho que isso vai ser o mais importante, sabe? Não precisamos gostar uma da outra, apenas parar de brigar em todo maldito show.

— Você é uma filha da puta! — Ouvi o grito de alguém e, assustada, virei na direção do som. — Desgraçada, manipuladora! — Bem ao meu lado, estava um dos fãs que foram ao camarim. Lembrei-me dele com facilidade, porque era tão alto quanto um jogador de basquete. A mão dele era maior do que o meu rosto. — Não merece ser chamada de Lola! Não merece fazer parte da banda.

Notei, tarde demais, que o fã falava comigo.

— Bia? Tudo bem aí? — perguntou Alex, do outro lado da linha.

— Queria que você saísse dessa banda! — O fã me empurrou com força na parede atrás de mim, e meu celular voou da minha mão.

O baque contra o concreto espalhou dor por todo o meu corpo.

— O que você está fazendo? — esbravejei. — Eu vou chamar a Segurança!

— Chame! — cuspiu. — Quem sabe, assim eles expulsam você desse grupo de uma vez. Ingrata! Depois de tudo o que nós, fãs, fizemos por vocês, como você pode virar as costas para as outras meninas?

A mão pesada e enorme veio com tudo no lado direito do meu rosto. A dor me rasgou.

— Não virei as costas para ninguém! E você não tem o direito de vir até aqui me agredir.

— Eu não ligo! Fomos nós, os fãs, que colocamos vocês cinco onde estão. Que votamos para vocês formarem uma banda. As nossas Lolas. Se uma puta ingrata como você vira as costas para isso, para nós, alguém tem que fazer alguma coisa.

— O que eu te fiz?

— O que você fez? Não seja sonsa, Bianca. Você traiu todos nós. Merece morrer por isso.

Sem pena, ele socou meu maxilar. Cambaleei para o lado e, ao tentar me afastar, prendi o salto em uma fissura do chão. Caí feito banana podre. A dor foi grande, mas aumentou quando recebi o primeiro chute. Gritei por socorro enquanto ele dizia que ia "esfregar minha cara no asfalto".

Por sorte, logo o fã foi retirado de cima de mim. Olhei para frente e vi Bruno, namorado da Ester, dando uma chave de braço no cara. Logo a porta do estacionamento se abriu e um dos seguranças da casa apareceu. Vendo a situação, ele correu para ver se eu estava bem.

— Eu sou da Polícia. Tire-a daqui e volte — ordenou Bruno.

Eu me perguntava se, por ele ser policial, prenderia o cara. A verdade é que eu não sabia muito bem o que pensar sobre aquele momento. No caminho para o camarim, várias pessoas olhavam para nós, e toda a equipe de Segurança passou por ali.

— Deus do céu, o que aconteceu? — Thainá perguntou, assim que o homem passou pela porta, comigo nos braços.

Ele me colocou cuidadosamente em um sofá antes de responder:

— Havia um indivíduo no estacionamento agredindo a senhorita — informou. — Um homem se identificou como policial e o segurava no local. Tirar a moça de lá era o mais importante no momento.

— Deve ser o Bruno! — exclamou Ester. — Ele disse que estava chegando.

— Obrigado, senhor, nós cuidaremos dela. Vá pegar o tal homem — pediu Roger. — Bia, você está bem? O que houve?

Olhando nos olhos de cada um naquela sala, uma enxurrada de lágrimas saiu dos meus olhos. É inacreditável como as coisas acontecem na minha vida. Depois de ser ameaçada e difamada, fui agredida fisicamente por algo que não fiz. Algo por que não tive nenhuma culpa.

— Ari! — chamei em meio ao choro. Rapidamente ela se colocou ao meu lado. — *Me* leve para casa, por favor. *Me* leve para casa.

*Carol Dias*

# Décimo Primeiro

**"When she goin' solo? I bet they gonna break up". But what the hell do you know?**
*"Quando ela vai sair em carreira solo? Aposto que elas vão se separar". Mas que diabos você sabe?*
Wasabi - Little Mix

Apesar dos pedidos insistentes para que eu fosse levada para casa, Roger e Ari foram comigo ao hospital. Entramos por uma porta reservada e fui atendida pelo nosso médico de confiança. Meu irmão foi avisado do que aconteceu, e Alex também. Fernando chegou quando eu entrava para fazer raio-X. Ao sair, recebi de Ari a notícia que Alex estava lá. Quando retornei ao consultório médico, ele parecia cheio demais, o que também deve ter incomodado o doutor, que pediu que todos saíssem. Fernando disse que estaria do outro lado da porta, e Alex me direcionou um olhar preocupado. Cheguei à conclusão de que nunca tinha falado dele para minha família, o que fez com que se olhassem dessa forma. Mas eu não conseguia focar nesses detalhes. Havia tantas coisas passando pela minha cabeça...

— Bia, não há nenhuma lesão séria — disse o médico, encarando o exame. — Não encontrei nenhum corte também, além desse no seu lábio. Vou pedir para você ficar de repouso, fazer compressa de gelo e tomar os remédios que eu indicar. Acho que você pode voltar a trabalhar em cinco dias, mas seguir o que pedi a você será primordial, ok?

— Obrigada, doutor.

— Também vou dar a você um laudo com suas lesões, para apresentar à polícia, contra o agressor. A enfermeira vai cuidar de você. Se quiser, posso deixar um dos seus acompanhantes entrar, mas não vamos demorar.

— Quero, sim, doutor.

Em poucos minutos, Fernando entrou no quarto.

— Não vou perguntar como você está, porque é óbvio — disse, ficando ao meu lado, sem interromper a enfermeira.

— As lesões não foram graves — informei.

— Sim, a enfermeira Karen tinha dito ali fora. Sei que mesmo assim está doendo.

Assenti antes de completar.

— Além da dor física, existe a dor moral. — Seguro as lágrimas que querem cair. — Não fiz nada, Nando. Sou a única nesse grupo que não pode ser culpada por nada. Cumpri a agenda com perfeição. Nunca fiz corpo mole. Eu me dedico mais do que as quatro, desde sempre. Por que tudo recaiu sobre mim dessa forma? Ninguém merece ser tratada da forma como aquele homem me tratou, mas... Sei nem o que dizer.

Ele segurou na minha mão, também contendo as lágrimas.

— Isso vai passar, irmã. E nós vamos fazer o que você achar necessário. Dar um comunicado à imprensa, contratar seguranças, sair desse contrato... O que quiser, estou com você.

— Obrigada, irmão. Muito obrigada — respondi, emocionada.

— Aqui, senhores — o médico se dirigiu a nós.

Em seguida, explicou como eu deveria tomar os remédios e os cuidados que precisaria ter. Fernando ouviu atentamente e passou um braço pela minha cintura, na hora de nos retirarmos. Estávamos na porta quando ele sussurrou:

— Também vou querer saber porque Alex Franz está aqui e quais são os interesses dele com a minha irmãzinha, ok?

Com suas gracinhas, Nando conseguiu colocar um sorriso no meu rosto. No corredor, encontrei Alex e minha equipe. O jogador estava sério, de braços cruzados. Os demais estavam conversando em voz baixa. Ao notar minha presença, Roger se aproximou.

— Estamos com você, Bianca — começou de imediato. — O que quer fazer?

— Podemos conversar no carro? Estou com dor.

— Claro, vamos.

Alex suspirou e veio em minha direção. Sem pedir, passou os braços pelo meu corpo e me pegou no colo.

— Você está lesionado, Alex! — alertei.

Dando de ombros, respondeu:

— Vou sobreviver.

Deitei a cabeça na curva do seu pescoço e deixei que me guiasse até o carro. Sentada lá no estacionamento da clínica, retornamos à conversa.

— Acho que preciso de algum tempo afastada, Roger. O médico pediu cinco dias de repouso, e eu gostaria de cumpri-los.

— Sem dúvida, Bia. Não esperávamos que você retornasse antes disso — garantiu-me. — E quanto à agressão? O que você quer fazer?

Imediatamente, as lágrimas voltaram aos meus olhos. Apenas a menção ao que eu tinha passado me fazia reviver tudo.

— Não sei — respondi em um fio de voz. — Estou me sentindo tão mal com tudo isso.

— Podemos dar o tempo que você quiser para pensar, mas, se você concordar, gostaria de dar minha opinião — Ari disse. Assenti e ela prosseguiu: — Não pode guardar isso com você. Só consigo pensar no John Lennon, na Selena Quintanilla… Vamos ver a melhor forma, mas acredito que você deva se pronunciar e prestar queixa.

— Quero prestar queixa, sei disso. Também quero falar sobre o assunto com a banda. Só não pensei como. Realmente preciso de um tempo.

— Não se preocupe. Fique fora os cinco dias. Se precisar de mais, me avise — Roger falou.

Começamos a nos despedir e a pensar em como faríamos. No meu carro, que foi usado para me trazer até aqui, estávamos Roger, Ari e eu. Nando veio no dele, e Alex não podia dirigir, então chegou de Uber. Na hora de ir embora, precisamos mexer um pouco nas configurações. Quem pegou Uber dessa vez foi Roger, enquanto Nando foi no dele. Ari dirigiu meu carro e Alex escolheu o banco da frente, deixando o de trás para que eu me deitasse de forma relaxada.

Peguei o celular para dar uma olhada nas redes sociais. A tela estava rachada, mas ele ainda funcionava, felizmente. Sempre fui a que lidei melhor com as críticas que surgiam, dentre as cinco. Mas acho que, com tudo que estava acontecendo e se aglomerando em cima de mim, ficou impossível. Os comentários eram os mais maldosos possíveis. Questionavam meu caráter, criticavam meu corpo e julgavam todas as minhas atitudes.

Tudo isso vindo dos meus próprios fãs.

@tudopelaslolas: não acredito que, esse tempo todo, estivemos ao lado de uma puta falsa como você!

@lolaland: essa filha da mãe sempre atrapalhou o grupo, foi a mais desengonçada. As meninas carregavam ela nas costas durante as coreografias, e agora ela quer acabar com a banda. PQP hein!

@lolasfasofc: Tinha que ser essa fdp da @BiancaLolas para acabar com a banda, mesmo. Ela nunca gostou das meninas de vdd. Nunca me enganou!!

E esses nem eram os piores. Ao chegarmos à minha garagem, minha assistente foi embora e fiquei sozinha com Alexandre por alguns minutos.

— Não precisa me pegar no colo. Só me segure — pedi.

Ele me olhou cautelosamente. O tom da minha voz entregava meu estado mental. E como não entregaria? Nem mesmo meus próprios fãs gostavam mais de mim .

A dor da rejeição é horrível.

— É horrível ver você com dor. Estou com tanta adrenalina que não sinto a lesão. — As portas do elevador se fecharam e ele me colocou entre seus braços, colando nossas testas. — Que tal se esconder comigo, no meu apartamento, por estes dias? Cuido dos seus ferimentos, você cuida dos meus. Sem redes sociais, sem essas suas colegas de banda no WhatsApp…

— Sem redes sociais seria um sonho. — Um sorriso minúsculo se espalhou pelos meus lábios.

— Vai ser uma boa ideia, eu juro.

— Pensei em algo melhor… — comentei, deixando um selinho nos seus lábios. — Tenho um pequeno sítio aqui no Rio… Podemos ficar escondidos lá. Não sei o que você precisa para tratar a lesão, mas Nando montou uma academia legal que você poderia usar.

— Estou de acordo.

— Vou perguntar ao meu irmão se ele pode nos levar lá. Por sinal, desculpe por não ter apresentado vocês dois direito.

O elevador chegou ao andar e Alex me apoiou para que eu fosse até a porta do apartamento.

— É longe? A gente pode pedir um carro, se quiser. Assim não precisamos ocupar o seu irmão. E não precisa se desculpar, *süsse*.

Ouvimos outro clique de elevador e Nando saiu de lá. Ele pegou a chave da mão do Alex e abriu a porta.

— Bom, vamos evitar esse clima estranho de uma vez por todas — disse meu irmão, assim que sentamos na sala. — Vocês estão namorando? Ficando? O que é esse relacionamento de vocês?

— Nando, nenhum de nós tem tempo para namorar, construir um relacionamento.

— Não conversamos sobre isso… — Alex começou. — É difícil nos definir.

— Tudo bem, não vou dar uma de irmão mais velho controlador. Só quero entender. Nunca ouvi falar sobre essa união, então achei que vocês estavam só se pegando. Só que a velocidade e preocupação com que esse daí chegou ao hospital me fizeram pensar que havia alguma coisa. Enfim, já que vocês não definiram nada, o papel de cuidador é meu. Quer ficar aqui, Bia, ou quer ir lá para casa? Não acho que você deve ficar sozinha.

— Na verdade, pensei em irmos para o sítio — comentei. — Alex precisa cuidar da lesão que sofreu, eu preciso espairecer um pouco.

— Boa. Irene e os rapazes vão poder tomar conta de vocês lá.

— Consegue levar a gente lá?

— Consigo, mas acho que é melhor você pedir ao Jaiminho. Ele vai ficar mais disponível, eu tenho os horários no trabalho.

Combinamos os últimos detalhes para viajar. Alex ficou ao telefone com o pessoal do clube, convencendo-os de que conseguiria se recuperar em casa. Argumentamos que o sítio ficava na Freguesia e que ele contrataria um preparador físico particular antes de chegar lá, que poderia acompanhar o processo. Eles concordaram, desde que Alex garantisse os equipamentos necessários. Pedi a um dos filhos da Irene para filmar a academia e me mandar. Encaminhamos as imagens para o clube, que mandou, horas depois, um esquema de treino e recuperação para ele. Acertamos com o preparador o horário que ele iria para o sítio.

Sem meu irmão em casa, Alex e eu deitamos para descansar. Enquanto uma série rolava na Netflix, minha cabeça vagava para as mensagens que li. É incrível que, no meio de vinte mensagens boas, a gente consegue sempre focar nas ruins. Mas a verdade é que meu perfil tinha uma enxurrada dessas mensagens. *Hashtags* negativas nos assuntos mais comentados do Twitter, como #BiancaCancelada e outras que carregavam ofensas. Mesmo tendo passado horas desde que peguei o celular para olhar as redes sociais, ainda estava tudo vivo na minha mente.

E eu chorei.

Nem percebi o tanto que chorava, até que Alex pausou a série e olhou para mim.

— Ei, o que houve? Está doendo aí?

— Não, é que… — O choro começou a vir com mais força, atrapalhando as palavras de saírem. — Acho que não tenho mais fãs. O mundo lá fora me odeia, Alex. Elas me odeiam.

— Não diga isso, Bia. — Ele segurou minha bochecha com a mão. — Tenho certeza de que não odeiam você.

— Os comentários nas minhas redes sociais estão horríveis. Todo mundo está colocando a culpa em mim.

— Calma, *süsse*, são seus fãs. *Te* amam. Não podem estar com raiva de verdade.

Alcancei o celular na mesinha ao lado da cama e recebi notificação de DM bem na hora. Era um fã-clube conhecido, que eu seguia. Cliquei para abrir.

> Você sempre foi madura, Bianca, mas agora está agindo feito criança. Tome vergonha nessa cara. Vai destruir a banda e acabar com o sonho de milhares de pessoas, só porque quer.

Mostrei para Alex, que tirou o celular da minha mão. Ele começou a ver as mensagens que o Instagram filtrou, de pessoas que não sigo.

Era um show de horrores. Além do discurso de ódio, de pessoas me xingando gratuitamente, ainda havia ameaças.

A maior parte dos artistas recebia, mas essas estavam além da conta. Deu para ver no rosto do Alex que ele não esperava aquilo.

— Algo está errado, de verdade, com esse pessoal, Bianca. Estão pensando que a internet é terra sem lei. São ameaças sérias: "no próximo show, vai levar uma facada no estômago, em vez de alguns tapas na cara". Sua equipe precisa saber disso. Esses perfis precisam ser denunciados. Com quem você fala sobre esse tipo de coisa?

— Roger ou Ari. Quem estiver disponível.

— Vamos ligar para ela, então.

Foi o que fizemos. Logo no início da conversa, ela abriu minha conta do Instagram pelo computador e começou a olhar as mensagens que apontamos. Horrorizada, pediu que eu ficasse longe das redes sociais.

— Na verdade, esqueça esse celular. Passe o número da casa onde você vai ficar, que ligaremos para lá estes dias. Vou falar com Roger sobre as ameaças, vamos denunciar todas. Não dá mais para ficar assim.

Depois de desligarmos, deitei novamente nos braços de Alex. A última coisa que esperava era encontrar conforto nos braços desse homem. Quando o vi no banco, achei que seria apenas um cara aleatório. No ensaio de fotos, pensei que iríamos trocar uns beijos e só. Então ele me ignorou várias vezes por mensagem, e minha certeza era de que ia arrancar esse embuste da minha vida.

Mas, com tanta merda acontecendo em relação à banda, falar com ele era como respirar ar fresco. Deitar naquele abraço era repousar em uma nuvem de paz. O fato de, mesmo lesionado, ele ter aparecido naquele hospital e ficar ao meu lado o tempo inteiro só reforçava a importância que ele conquistou no meu coração.

— Ei, *süsse*. Eles não sabem da história, estão chateados. Tenho certeza de que muita gente vai entender e apoiar, quando vocês se explicarem.

— O problema é esse. Eles estão tacando pedras em mim por algo que eu não fiz, mas a Rai sim. Não acho justo eles a ameaçarem da forma como fazem comigo. Estou decepcionada com eles, muito decepcionada.

— Acontece, Bia. Eu te entendo. Mas não fique chateada. Quando as coisas forem esclarecidas, você vai poder falar sobre isso. Dizer as coisas que te machucaram. Vai ficar tudo bem, *süsse*.

— O que é isso? *Süsse*? Você vive dizendo, e eu não entendo.

Com uma risadinha, ele selou meus lábios.

— É alemão. Passei vários anos da minha vida lá, aprendi o idioma e, mesmo de volta, ainda solto algumas palavras. Esse é um apelido carinhoso, a gente diz para quem a gente am… gosta muito. Tem muito carinho.

— Então é isso… Você gosta de mim?

Ele começou a rir, sabendo que tinha se entregado.

— Você sabe que sim…

Deixando um sorriso escapar pelos meus lábios, toquei o rosto dele, contornando seus traços com as pontas dos dedos.

— E tem muito carinho por mim também?

— Largue de ser besta, mulher… — Passou os braços pela minha cintura. — Carinho e mais algumas coisas.

Fechei os olhos, esforçando-me para me abstrair dos problemas. Pelo menos uma coisa da minha vida estava funcionando: essa tentativa de relacionamento.

# Décimo Segundo

**I would tell you all my secrets, wrap your arms around my weakness. If the only other option is letting go, I'll stay vulnerable.**
*Eu te contaria todos os meus segredos, envolveria os seus braços na minha fraqueza. Se a única outra opção é desistir, permanecerei vulnerável.*
Vulnerable - Selena Gomez

Na manhã seguinte, deixamos meu apartamento de Uber, em direção ao dele. Alex fez as malas e, antes das nove, Jaiminho passou para nos buscar. Irene ficou muito feliz ao nos receber no sítio.

Criamos gado leiteiro lá. É a residência oficial dos meus pais. Mas a verdade é que, desde que comprei a casa em Búzios para eles, os dois passam a maior parte do tempo com os pés na areia. Já pensamos em vender, mas Irene e os dois filhos dela, que moram no sítio também, cuidam muito bem do lugar e do gado. Eles fabricam queijo, iogurte, requeijão, creme de leite e várias outras coisas. O local se mantém com o dinheiro que ganha, e isso é o suficiente para mim.

O primeiro investimento que fiz, quando comecei a ganhar dinheiro com a banda, foi este: imóveis. O sítio, a casa de Búzios. Dois apartamentos: um meu e outro que alugamos. Não me arrependo de nada.

Passamos o primeiro dia muito bem. Não fiz sequer questão de trazer o celular para cá. Irene fez almoço para nós, os rapazes mostraram o sítio para Alex, usamos a piscina, tiramos vários cochilos… descansamos. E não havia nada no mundo que eu precisava mais do que um descanso para a minha mente.

No fim da noite, deitamos no gramado para ver as estrelas. O brilho delas estava incrível e me fazia esquecer de que havia problemas na minha vida a serem resolvidos.

Até que o problema encontrou meu endereço.

— Ah, acho que vou me mudar para cá. Não quero mais saber da Barra da Tijuca. Vou viver aqui com seus funcionários.

*Carol Dias*

— Bem que eu queria, mas não é prático para mim. Pego muito trânsito no dia a dia. É mais fácil...

— Bianca, minha filha — Irene me cortou. — O telefone da casa. É para você — ela estava na varanda, estendendo o aparelho para mim.

Levantei-me devagar, enquanto ela pedia para a pessoa do outro lado da linha esperar.

— Já volto — disse ao Alex. Chegando perto de Irene, agradeci. Ela acenou e saiu. — Alô, quem fala?

— Bia? — era a voz da Ester.

— Sim, diga.

— Roger disse que você não vem.

— Não vou conseguir. O médico pediu cinco dias de repouso.

— Você quebrou alguma coisa?

— O problema são os shows. Não vou conseguir dançar. Estou cheia de dores. Tomando remédio para ficar bem.

— Mas a nossa agenda de amanhã não era de shows. Era de entrevistas. Dava para você participar.

— O caso é que eu não quero, Ester. A mídia...

— Você não quer? — ela me interrompeu. — Espere... — Ouvi sons do outro lado da linha. — As meninas estão ouvindo também. Bianca disse que não quer participar da agenda com a gente.

— Bia, como assim, não quer? — Thainá perguntou, soando preocupada.

— Não vai me dizer que você também está tentando sair da banda — Paula completou.

— Ei, vamos com calma, vocês quatro. Quero lembrar a todas que eu sou a vítima da vez, nesse rolo em que vocês me meteram.

— Vítima? — Raíssa questionou. — Do que você está falando?

— Do circo em que eu me meti com essa história de "quero fazer carreira solo" que você inventou.

— Você vai jogar a culpa em mim? — a miss carreira solo rebateu.

— Não foi isso que você fez com todo mundo?

— Gente, pelo amor de Deus, não vamos seguir por esse caminho — pediu Thainá.

— Vamos, sim, Thai, e quem vai falar desta vez sou eu. Estou há semanas sendo atacada pela imprensa, e agora nossos próprios fãs estão jogando pedras em mim. Um deles realmente me agrediu. Fui parar em um hospital por causa disso. E o que eu fiz de errado? Nunca pedi um tempo para mim, não faltei a ensaios, cumpri minha parte em todos os shows. Quando todas vocês precisaram de espaço, eu me esforcei para ser uma boa amiga e entender todos os lados. Quando Raíssa decidiu fazer seus próprios projetos, fui a primeira a dizer que não queria que a banda acabasse, que queria que continuássemos. Mas todas vocês viraram a cara para mim. — Olhei para o lado e vi que Alex se aproximou. — Paula se isolou, Thai e Ester se fecharam, Rai construiu seus próprios interesses. E eu sobrei. As primeiras merdas sobre mim saíram na imprensa e vocês me culparam.

— Desculpe, Bia — sussurrou Thai.

— Então, não, eu não quero cumprir a agenda de compromissos com vocês nos próximos dias. Preciso de um pouco de paz. Um tempo para mim. Tem gente na imprensa fazendo a minha caveira. Tem gente nas minhas redes sociais me ameaçando de morte. Estou sendo alvo de comentários de ódio. Não quero dar entrevistas. Não quero sorrir e fingir que está tudo bem. Por isso, repito: vou ficar aqui, longe. Tirar meus cinco dias de repouso. Vocês podem contornar essa para mim, afinal, já segurei a barra desse grupo outras vezes. — Respirei fundo. — Boa noite. A gente se fala no sábado.

Desliguei sem deixar que elas respondessem.

Alex andou até mim, tirou o telefone das minhas mãos e segurou-me pela cintura.

— Seus problemas te acham, custe o que custar.

Suspirei, o peso da discussão recente todo sobre mim.

— É incrível como você pensa que conhece alguém, mas percebe que há sempre um lado que as pessoas escondem muito bem. Raíssa pode ser a pior de todas, mas as outras estão me magoando tanto quanto e nem se dão conta.

— Acho que elas se dão conta, sim, *süsse*, mas estão magoadas e querem retribuir a dor que sentem, de alguma forma.

— O que é ainda pior… — deitei a cabeça no peito dele.

— Mas esqueça isso, ok? Volte lá para a grama. Vou guardar o telefone e já volto.

— Queria ficar bêbada, mas meu médico me mataria.

— Sim, ele te mataria. Meu preparador físico também. Que tal um chocolate quente?

— Quem não tem cão, caça com gato — respondi, dando de ombros.

Coloquei como meta não me estressar com as meninas pelos próximos dias. O que disse a elas no telefone era real: precisava de um pouco de paz, de um tempo para mim.

Fui até a cozinha com Alex para fazermos o chocolate quente. Era nisso que eu focaria. Aproveitar o sítio e a companhia deliciosa que eu tinha.

— Ok, mocinha, mostre os ingredientes que farei a bebida.

— Hoje você é o cozinheiro? — perguntei, abrindo o armário de compras.

— Apenas o *barman*, mas ainda farei um jantar especial para você. Prometo.

— Vou esperar por isso…

O celular dele começou a tocar. Pedindo desculpas, atendeu enquanto derramava leite em uma panela.

— Oi, mãe — fez uma pausa. — Não fique nervosa. Eu estou bem. — Outra pausa. — Calma, vai dar tudo certo. Foi só uma lesão, já tive outras na carreira.

Terminei de separar os ingredientes, evitando ouvir o que falavam. No geral, ele a tranquilizou, explicou onde estava, o que estava fazendo. Sentei--me à mesa da cozinha e esperei que encerrasse a ligação.

— É, mãe. Agora deixe eu desligar, ou vou perder o ponto do chocolate quente aqui. *Süsse*, pegue duas canecas, por favor — pediu e eu fui buscar. — Sim, mãe, a Bia está comigo. É a casa dela. Outro dia a gente conversa e eu te apresento a ela — ele fez outra pausa, ouvindo. — Porque sim, mãe. Tchau, beijo. — Ele desligou o telefone e apagou o fogo. Enquanto derramava o conteúdo na xícara, comentou: — Ela perguntou por que eu chamei você de *süsse*.

— Tinha que ter dito a ela que é porque está totalmente apaixonado por mim.

Rindo, ele ergueu as canecas e esticou o cotovelo para que eu segurasse.

— Se eu dissesse isso, ela voaria imediatamente para conhecer a norinha, com o vestido de casamento que usou há quatrocentos anos, e o padre da paróquia dela a tiracolo.

Chegamos à varanda da casa, entre gargalhadas, e sentamos em um sofá confortável que ficava ali.

— Sua mãe é, no mínimo, divertida.

— Ela é superprotetora, o que a torna engraçada em muitos momentos.

— Acho que ela se daria muito bem com a minha mãe. O apelido dela é dona Hermínia.

Alex franziu o rosto, sem entender.

— Quem é essa?

— Não conhece? Do filme? — Rolei os olhos ao vê-lo negar. — Minha Mãe é uma Peça, com o Paulo Gustavo. Depois a gente precisa assistir.

— Passei anos na Alemanha, né? Perdi muitos filmes nacionais e outras referências.

— Tudo bem, eu te perdoo. Teremos esta semana para assistir a muitos deles. Agora, fale mais sobre a sua família. Você tem uma irmã que é minha fã, né?

Alex fez alguns minutos de silêncio, que rapidamente me levaram a entender que alguma coisa era complicada sobre esse assunto.

— Não vou mentir para você, Bia… Isso é algo que ainda não superei. Sim, minha irmã era sua fã, porém… ela já não está mais aqui.

— Ela… — as palavras sumiram da minha mente. — O que houve? O que você quer dizer com "ela já não está mais aqui"?

— Perdi minha irmã no fim do ano passado. Fui um dos últimos a falar com ela. Ela estava em um prédio, esperando uma entrevista, e conversávamos ao celular quando ele desabou.

Suas palavras foram interrompidas por um nó visível na garganta. Alex fez um bico, segurando o choro. O que ele disse recaiu sobre mim com força. Imagine a situação em que você está ao telefone com alguém, no momento em que uma tragédia acontece. Deve ter sido traumatizante.

Involuntariamente, minha mão segurou a dele, que a apertou com força.

— Sinto muito, Alex. Não precisa falar, se não…

— Dói, mas eu quero que você saiba, sim. — Ele se recostou no sofá e me puxou para o peito dele. — Foi horrível, agonizante. Porque eu ouvi o barulho de fundo, mas não entendi nada. Fiquei ligando de volta para ela, mas minha irmã não atendia. As equipes de resgate a encontraram porque ouviram o barulho do telefone. O desgraçado funcionava, mas ela não resistiu. Já a encontraram morta.

Ele fungou e vi que chorava. Não compulsivamente, mas algumas lágrimas desciam.

— Ai, Alex…

— Eu disse que dói. Não é que tenha doído e passou. Até hoje eu sinto tudo aquilo. Ninguém me dava notícia. Depois da quinta ligação, fiz uma pausa. Minha mãe me ligou em seguida, dizendo que estava falando no jornal sobre um desabamento na região onde minha irmã tinha ido fazer a entrevista. Ficamos desesperados e ligando para ela sem parar. Meus pais moravam aqui no Brasil com ela, eu estava sozinho na Europa. Quando foi confirmado que ela estava no desabamento, fiz uma mala pequena e corri para o aeroporto. Conseguir um voo foi um pesadelo, mais dez horas para chegar, sem notícias…

— Há quanto tempo isso aconteceu?

— Em dezembro. Parece que foi ontem. A primeira coisa que fiz, quando voltei para a Alemanha, foi pedir ao meu empresário para me transferir. Queria ficar perto da minha família de novo. Ele não conseguiu me negociar com nenhum clube do Sul. O que ofereceu a melhor proposta foi o Bastião. Foi suficiente para eu viver aqui no Rio, são poucas horas de avião. Posso vê-los com mais frequência. Não conseguiria passar por outra situação dessas.

— Pesquisei sobre você, Alex… Começava a despontar na Liga dos Campeões[3], seu time contava com você na Bundesliga[4]… Vir para o Brasil não era ruim para sua carreira?

— Queriam que eu pedisse cidadania alemã para jogar na Seleção de lá,

---

3    Principal competição de futebol na Europa.
4    Campeonato mais importante da Alemanha.

*Carol Dias*

por conta dos meus avós, que nasceram em Berlim. Eles ficaram lá por um tempo antes de se mudarem para o Sul, com meu pai. Mas nada disso era bom para o meu emocional. Ficar no Brasil, com a minha família, era mais importante que qualquer coisa naquele momento. Vou ter que fazer meu nome jogando aqui, sendo destaque no Bastião. Felizmente, o time é bom e me dá o espaço que preciso para aparecer e conquistar meus objetivos. Quero muito ser convocado para a Seleção Brasileira, jogar como titular lá. Era uma das coisas que sempre brinquei com a minha irmã, e luto por esse objetivo por ela. Para que ela fique feliz comigo, onde quer que esteja.

— Tenho certeza de que ela ficará. Ela olha por você e está alegre pelo seu sucesso. Você é esforçado, focado… Vai ser destaque em tudo no Brasil, tenho certeza. — Estiquei-me um pouquinho e dei um selinho nele. — Sabe outro lugar onde você é uma estrela?

Sorrindo de lado, ele puxou meu queixo na sua direção.

— Onde?

— Na cozinha. Este chocolate quente está uma delícia. — Afastando-me ligeiramente, tomei mais um gole da bebida.

Com os olhos brilhando por um motivo diferente dessa vez, Alex colocou nossas xícaras na mesinha ao lado do sofá e me puxou para um beijo. Fácil assim, o clima voltou a ficar leve entre nós. A dor de ter perdido a irmã sempre estaria com ele, mas saber disso criou uma nova cumplicidade entre nós dois, pela qual eu estava muito grata.

Nossos pontos vulneráveis nos conectavam como nunca.

— Ei… — chamou baixinho, mesmo que não fosse preciso. Estávamos conectados no olhar, que era impossível desviar. — Ouvi dizer que relacionamentos entre pessoas famosas não duram. — Ele acariciou meu rosto de leve e, mesmo suspeitando do que diria a seguir, meu coração começou a bater descompassado. — O que você acha de nós dois competirmos com isso e provarmos que essa é uma estatística burra?

— Tem certeza de que quer tentar isso?

— Da minha parte, estou muito certo. Quero ficar com você, Bia. Nunca imaginei que encontraria uma parceira com quem eu poderia jogar videogame, ver série, falar de futebol e dar umas beijocas, pelo simples fato de jogar no seu time do coração. Sei que a gente se conheceu porque roubaram nossa conta bancária, mas o Bastião nos colocou juntos tantas vezes que sei que era para os nossos caminhos se cruzarem. Era o nosso destino. Quando o dia está ruim, é a sua voz que eu quero ouvir. Quando faço uma boa partida, fico doido para te ligar e perguntar o que achou. Se você se sentir, mesmo que só um pouquinho, como eu, por favor, vamos dar uma chance a esse relacionamento improvável.

Sem conseguir esconder o sorriso enorme, respondi:

— Tudo bem, Alexandre Franz, eu aceito ser sua namorada.

# Décimo Terceiro

**Nobody said it was easy, it's such a shame for us to part. Nobody said it was easy, no one ever said it would be this hard. Oh, take me back to the start.**

*Ninguém disse que seria fácil, é uma pena nos separarmos. Ninguém disse que seria fácil, mas também não disseram que seria tão difícil. Oh, me leve de volta ao começo.*
The Scientist - Coldplay

Fechei a porta do quarto do hotel, deixei a mala em um canto e respirei fundo. Faríamos alguns shows no interior de São Paulo, em várias cidades diferentes, porém próximas. Escolhemos um hotel em Ribeirão Preto e sairíamos de lá para os locais de apresentação.

A agenda das Lolas costuma ser muito diferente da dos outros artistas brasileiros. A gente prefere, sempre que pode, cobrir regiões. É fácil ver agenda de alguns colegas com shows no Sul, Nordeste e Centro-oeste no mesmo fim de semana. Quando marcam os nossos, eles sempre tentam que a gente se apresente, de quinta a domingo, no mesmo Estado ou em Estados vizinhos. É mais fácil para nos locomovermos, levarmos a estrutura do palco e descansarmos.

Só tínhamos shows no Brasil por mais duas semanas, depois dessa. Iríamos para o Maranhão na semana seguinte, e para o Ceará na outra. Depois de dois dias em casa, a turnê seria internacional: América Latina, Europa, Estados Unidos e Austrália. A melhor parte desse emprego era ver nossas músicas sendo cantadas com sotaques muito diferentes. Gravamos em português, inglês e espanhol e, por isso, alcançamos fãs em outros países. E algumas delas tentavam cantar em português, o que era o máximo.

Sentada na cama, coloquei todo o meu foco no futuro da banda. Não deixaria que as meninas ou fãs desinformados acabassem com a coisa que mais amo nesta vida. No caminho para cá, escrevi um e-mail explicando o que eu faria nas minhas redes sociais. Além de limitar os comentários no Instagram, faria uma *live* surpresa falando sobre as polêmicas e as agres-

*Carol Dias*

sões. Digitei o texto que queria dizer. Enviei antes de entrar no avião e, quando saí, Roger já tinha aprovado.

Aproveitei que tinha alguns minutos sozinha no quarto para fazer o que precisava. Encontrei o suporte de celular, posicionei na mesinha e abri o Instagram. Deixei a *live* aberta por alguns minutos, até que os fãs entrassem.

— Olá para todos vocês — saudei, fazendo uma pausa. Arrumei minha posição antes de continuar: — Fiquei um pouco sumida das redes sociais, na última semana, e tive meus motivos. Hoje queria conversar com vocês um pouquinho sobre o que aconteceu. — Fiz outra pausa, tentando me lembrar de tudo que tinha a dizer. — Ser uma Lola é um sonho que eu realizo todos os dias. Estar nessa banda é um prazer, uma conquista. Ter vocês como fãs é o maior e melhor presente que eu poderia receber. Mas assumo que nem tudo são flores. Alguns momentos são mais complicados que outros. E a nossa banda está passando por um deles. Thainá sofreu uma agressão do ex-namorado, Ester passou por uma situação traumatizante, e Paula está grávida. Raíssa decidiu fazer algumas parcerias e lançar sua carreira solo. De minha parte, não há problema nenhum nessas coisas. Apoiei os momentos difíceis das meninas, estou superanimada pelo bebê da Paula e torço para que Rai faça muito sucesso em seus projetos pessoais.

"O problema é que parte de vocês acreditou em mentiras que a imprensa contou sobre mim. Fizeram comentários maldosos nas minhas redes sociais, destilando um discurso de ódio que se tornou impossível de lidar. Passei cinco dias longe do meu celular, com medo das coisas que lia aqui e nas demais mídias. Hoje, criei coragem para vir aqui falar tudo isso. Para dizer que os xingamentos doeram tanto quanto os tapas e chutes que levei de um homem que se disse fã e invadiu os bastidores do show da semana passada. Para suplicar que vocês parem com isso e que não repitam a outras pessoas. Palavras ferem muito mais do que a gente pensa. Para finalizar, gostaria de dizer que permanecerei uma Lola enquanto as Lolas existirem. Se será mais um dia ou vinte e cinco anos, só o tempo dirá. Tenham todos um dia incrível e espalhem mais amor no mundo."

Meus olhos desviaram para os comentários da *live*, por um minuto, mas parei antes de ler. Encerrei tudo e a deixei salva, para que os fãs pudessem ver com calma. Não costumo fazer isso, mas essa é uma informação que quero que permaneça. Que seja replicada.

Entrei no chuveiro para tomar um banho e ouvi meu celular tocar diversas vezes, lá de dentro. Resolvi ignorar, porque já sabia que, quem quer que fosse, se referiria ao que ouviu na *live*.

Parei em frente ao espelho para olhar meu corpo. Cinco dias realmente haviam me feito bem, já que as marcas das agressões tinham sumido. Eu também me sentia um pouco inchada, já que Irene cozinhava em demasia.

Comi muito e de tudo, sem fazer academia. Enquanto Alex, meu novo namorado, fazia seus treinos e se recuperava, fiquei na beirada da piscina. A única coisa que me tirou daquela realidade que nós dois criamos para nós foi a denúncia de agressão e dos comentários de ódio, que precisei fazer.

Mas logo bateram à minha porta, para maquiagem, cabelo e figurino. Era hora de voltar para a realidade.

As ligações que perdi durante o banho eram de Ari, das meninas da banda, do meu irmão e de Alex. Retornei apenas a do meu irmão e do meu namorado, além de mandar uma mensagem no WhatsApp para Ari. As meninas que lutem.

Nosso primeiro encontro, depois de todos aqueles dias, foi dentro da van. Raíssa entrou falando ao telefone e se sentou sozinha no banco de trás, ignorando todas nós. Ester e Paula conversavam e me deram um simples oi. Thainá, por outro lado, se sentou ao meu lado, mesmo que não tirasse o rosto do telefone. Estiquei o pescoço e percebi que era uma troca de mensagens com Tiago. Quando a van começou a andar e ninguém prestava atenção em ninguém, ela se pronunciou:

— Não vou falar por todo mundo aqui, apenas por mim. Sinto muito por tudo o que aconteceu e pela forma como tenho tratado você, Bia. — Ela tinha os olhos cheios de lágrimas, mas segurou firme. — Você e Ester são as mais duronas do grupo, mas eu deveria ter aprendido com o que aconteceu a ela nos últimos tempos. Deixei você de lado várias vezes nesses últimos meses. Em vez de nos unirmos, Ester e eu nos fechamos. Sinto muito também por ter culpado você pelas coisas que saíram na imprensa, mesmo que de forma não intencional.

— Thai... — Respirei fundo, mexida com os sentimentos. — Acho que você era a única a não me julgar. Se alguma vez você fez isso, foi de forma bem mais leve que as outras meninas. Mas agradeço e aceito suas desculpas. — Segurei a mão dela. — Espero que possamos voltar a ser amigas.

— Quanto a isso, Bia, eu não sei... Todas as meninas estão bravas. Pelo menos, ficaram durante a semana. Sinto que retomar essa amizade não será a coisa mais fácil de se fazer. Mas saiba que você sempre teve a minha e continuará tendo daqui para frente. Espero que meu pedido de desculpas ajude a acalmar seu coração ferido.

Meu coração ferido se desfez, e uma lágrima escorreu dos meus olhos. Depois de secá-la rapidamente, abracei Thainá de lado.

— Obrigada, Thai. Acho que precisava disso e nem sabia.

— Agora que estamos bem novamente... Como vão as coisas com o jogador? — perguntou, mexendo as sobrancelhas repetidamente.

Pensar em Alex me fazia bem. Deixei a mente vagar por esse caminho e dividi com Thainá os meus últimos dias, como nosso relacionamento estava se desenvolvendo e o pedido de namoro. O sorriso permaneceu nos meus lábios por todo aquele tempo. Tanto que, quando descemos da van, fiz questão de ligar para ele.

Conversamos por alguns minutos, mas logo os compromissos começaram a aparecer. Receberíamos fãs antes do show, e logo fui avisada de que nossas equipes pessoais tiveram a adição de mais uma pessoa: um segurança. As meninas estavam com eles desde terça-feira, o meu começaria hoje.

Eu não reclamaria de jeito nenhum. Depois do que aconteceu, era mais do que necessário.

— Bia, faça um favor... Poste algum *stories* avisando que você voltou à banda? Lá na conta oficial — pediu Ari.

— Claro. — Virei-me para Thainá, vendo minha assistente se afastar. — Faz um vídeo daquele em que o final fica em câmera lenta? — pedi, estendendo meu celular.

Ela concordou, e eu fingi que estava saindo de uma das salas. Minha roupa de hoje tinha um tecido mais fluido, que eu joguei em direção à câmera ao me aproximar. O efeito ficou ótimo, e eu adicionei um "adivinhe quem voltou" em um canto da gravação. Thai e eu mexíamos no celular quando as outras três Lolas apareceram.

— Precisamos acertar algumas coisas antes de seguirmos com os compromissos — começou Raíssa, tomando a liderança. — Aconteceram situações e momentos que não têm mais volta. Acho que conseguimos nos magoar mutuamente. Não precisamos falar uma com a outra. Não precisamos ser amigas. Vamos apenas nos preocupar em realizar os shows, não faltar nos compromissos da banda e manter o respeito, até Paula precisar se afastar por causa do bebê. Temos um acordo?

Não dava para acreditar que essa fala vinha logo de Raíssa. Era um absurdo ela querer pregar paz, quando foi a primeira a causar caos.

— Olha, Rai, desculpe, mas é impossível querer um "acordo" quando você foi a responsável por estarmos onde estamos hoje. Era isso que você queria, não era? Sair ilesa dessa situação. Bom, parabéns, você conseguiu. Nossa amizade foi parar no lixo, e é impossível que as Lolas voltem a ficar juntas depois disso. Por causa do seu egoísmo, perdi minhas melhores amigas e sei que vou perder esta banda. Mas é bom saber disso, é bom que todas estejamos de acordo com essa situação. Porque, daqui para frente, a única preocupação que eu tenho é comigo mesma.

Desencostei-me da parede onde eu estava e dei as costas para elas.

Ester e Paula não disseram nada, mas não precisaram. Vieram com Raíssa, não discordaram dela em momento nenhum. A única com quem eu ainda queria relação naquele grupo era Thainá.

Recebia muito, muito ódio da imprensa, das redes sociais. Não queria isso no meu próprio grupo. Não precisava. Cuidar de mim era o mais importante.

*Continua em Perdoa...*

A The Gift Box é uma editora brasileira, com publicações de autores nacionais e estrangeiros, que surgiu no mercado em janeiro de 2018. Nossos livros estão sempre entre os mais vendidos da Amazon e já receberam diversos destaques em blogs literários e na própria Amazon.

Somos uma empresa jovem, cheia de energia e paixão pela literatura de romance e queremos incentivar cada vez mais a leitura e o crescimento de nossos autores e parceiros.

Acompanhe a The Gift Box nas redes sociais para ficar por dentro de todas as novidades.

 www.thegiftboxbr.com

 /thegiftboxbr.com

 @thegiftboxbr

 @thegiftboxbr

*Carol Dias*

SÉRIE LOLAS & AGE 17 – PARTE 4

# PERDOA

1ª Edição

The GiftBox
EDITORA

2020

**Direção Editorial:**
Anastácia Cabo
**Gerente Editorial:**
Solange Arten
**Arte de Capa e diagramação:** Carol Dias

**Ilustração:**
Thalissa (Ghostalie)
**Revisão:**
Fernanda C. F de Jesus

CIP-BRASIL. CATALOGAÇÃO NA PUBLICAÇÃO
SINDICATO NACIONAL DOS EDITORES DE LIVROS, RJ
CAMILA DONIS HARTMANN - BIBLIOTECÁRIA - CRB-7/6472

D531n

Dias, Carol
    Nos seus olhos. 1. ed. ; Perdoa. 1. ed. / Carol Dias. -- Rio de Janeiro : The Gift Box, 2020.
    184 p.

    ISBN 978-65-5636-019-5

    1. Ficção. 2. Contos. 3. Literatura infantojuvenil brasileira. I. Título. II. Título: Perdoa.

20-65383          CDD: 808.899282
                  CDU: 82-93(81)

# Aviso

A história contada neste livro contém relatos que podem servir como gatilhos. Temas retratados são distúrbios alimentares, abusos psicológicos e automutilação.

# PRÓLOGO

*Me diga logo: o que é que eu faço? Pra onde eu devo ir?*
*E não se engane, ainda te amo. Quero te ver feliz*
Perdoa - Anavitória

Oi.

Cada história é única. Enquanto me sento aqui, pensando por onde começar, sinto que sei exatamente o momento em que tudo deu errado.

Mas, mesmo assim, sinto dificuldades nas primeiras palavras.

Qual deveria ser a frase que daria início à minha história? Complexa, dolorida, mas toda minha. Diferente das outras Lolas, porque somos pessoas diferentes.

Mesmo que eu tenha um pouco de cada uma daquelas que já considerei minhas melhores amigas, dá para perceber, em tudo o que me aconteceu, o tanto que divergimos em reações, sentimentos, emoções.

Espero que você me entenda, mesmo com meus muitos erros.

Espero que perceba que sofri, tanto quanto fiz sofrer.

Espero que enxergue a minha dor, ainda que eu tenha demorado para enxergar a dos outros.

E torço para que, ao final de tudo, você encontre no seu coração motivos para me perdoar.

# ꟼRIMEIRO

**We're running out of time, chasing our lies. Everyday a small piece of you dies.**

*Nós estamos correndo contra o tempo, perseguindo nossas mentiras. Todos os dias um pequeno pedaço de você morre.*

Kill 'Em With Kindness - Selena Gomez

*Meses atrás…*

— Vamos terça-feira à noite, então — sugeri para Igor.

— Espere. — Após uma pausa, continuou a falar como se tapasse o telefone: — Terça à noite? Ok — então sua voz voltou ao normal. — Vamos, sim. Quer que eu fale com os caras sobre o ingresso?

— Sim, por favor. Posso pedir a alguém para ir buscar, se for o caso.

— A gente combina. Mas, anda, me diga. Como foi o show?

— Foi tudo bem. O médico disse que a Paula vai ficar afastada por duas semanas, para amenizar a amigdalite, e pode ser que tenha que operar. Ele está analisando.

— Droga. Por sorte, vocês conseguem se substituir, né?

— Sim, conseguimos, mas não gostamos. Fazemos apenas em situações de emergência. Vamos parar os shows por causa disso. — Exalei, pensando no tédio que seria ficar sem me apresentar neste período. Pelo menos, tínhamos planos.

— Ei, essa é uma ótima oportunidade para você vir aos meus shows. Está me devendo há séculos — cobrou, soando animado.

— Estou mesmo, mas não vai ser desta vez. Sinto muito. Estamos nos organizando para compor alguma coisa, trabalhar na banda.

— Ah, tudo bem. Mas, qualquer coisa, me avise. Vou fazer shows no Nordeste, e você pode ficar na praia enquanto eu passo som.

A porta se abriu e logo vi o rosto de Vera, da nossa produção.

— Rai, estamos prontos para ir. Terminou?

Assenti, começando a caminhar na sua direção. Despedi-me de Igor

brevemente, já que todos estavam no corredor, apenas me esperando. Parei ao lado de Ester, que trocava mensagens com um dos seus contatinhos.

— E aí? O que vocês acham de irmos lá para casa?

— Nossa, estou morta — resmungou Bianca. — Só quero chegar em casa e dormir.

— Eu também. Descansar as cordas vocais — comentou Paula, baixinho. A voz dela estava mesmo prejudicada, motivo para não ter cantado conosco hoje.

— Ah, eu também… mas pensei em usarmos estes dias para trabalhar em algumas letras — sugeri.

— Não vou poder ajudar muito… Preciso repousar — respondeu Paula.

— A gente pode ver algum dia, Rai, mas vou aproveitar estes dias para ajudar na ONG — Bianca disse, distraída com o celular.

— Matheus já começou a fazer planos para nós… Mas, se combinarem algo, digam que eu dou um jeito.

— Acho que vou aproveitar estes dias para ver umas amigas. Melhor deixarmos para quando voltarmos à estrada. Já passo muito tempo com vocês, quero ver outras pessoas.

E com essa resposta de Ester, eu desisti. Não adiantava tanto esforço quando não havia cooperação.

Decidi ir para a casa dos meus pais. Já que não poderia ficar com as meninas da banda, porque ninguém se interessou em trabalhar um pouco na nossa música, pelo menos tiraria um tempo para a família. No dia seguinte, acordei cedo para participar do café da manhã. Dormi pouco, mas quis me reunir. Meu pai já estava sentado à mesa, tomando café e lendo as notícias no iPad. Minha mãe terminava de passar a manteiga nas bisnaguinhas de Guilherme, meu irmão caçula, que bebia o achocolatado de canudinho.

— Bom dia! — saudei a todos, antes de dar um beijinho na cabeça dele.

— Bom dia, minha filha — cumprimentou-me mamãe, com um sorriso. — O que você vai querer comer?

*Carol Dias*

— Algumas bisnaguinhas dessas do Gui, mãe — respondi, servindo café na minha xícara. — Pode deixar que coloco manteiga.

Enquanto arrumava meu café, fiquei brincando com o meu irmão. Ele foi me atualizando sobre a escola, as coisas que estava aprendendo lá... Aos nove anos, quase dez, era a criança mais faladeira que eu conhecia.

Um bom equilíbrio para o meu pai, que não disse uma palavra, nem mesmo "oi, filha".

— Guilherme, suba e pegue a sua mochila — pediu minha mãe. Era hora de sair para a aula. — Volto já.

— Por que você não está em turnê? — meu pai questionou, bem no minuto em que ela saiu da cozinha.

— Paula teve um problema nas cordas vocais e precisa ficar alguns dias fora. Precisamos pausar.

— Vocês são cinco, no total. Por que uma não cobre a outra?

— A produção prefere oferecer um show de nós cinco para o público. Só cobrimos uma a outra em situações de emergência.

— Essa produção de vocês é ridícula, pífia. Uma vergonha. Você precisa tomar uma atitude quanto a isso. Parece que não conhecem o mercado brasileiro. Vocês não são esses artistas gringos que podem simplesmente cancelar shows. Daqui a pouco vão parar de contratar.

— Os contratantes pareceram entender o cancelamento.

— Sorte a de vocês. Você vai aproveitar estes dias para cuidar da própria carreira, então. Quero ver o que compôs. Chegou um produtor novo lá no estúdio e quero que trabalhe com ele. Depois, vou mandar seu contrato para o pessoal do escritório. Precisamos encontrar alguma brecha para que possa gravar as próprias músicas.

— Não sei se quero lançar nada fora da banda agora, pai... Acho que ainda...

— Raíssa, não me interessa — respondeu, ríspido. Todo seu rosto se transformou em uma carranca brava, e o tom de voz se elevou ao continuar: — Vai esperar a banda acabar para tentar alguma coisa? Quero que você lance um *single*, uma parceria, qualquer coisa. Está na hora de começar a fazer seu nome, porque essa história de Lolas já deu o que tinha que dar. — Arrastou a cadeira bruscamente e ela caiu no chão. — Chega de ser preguiçosa — apontou o dedo na minha direção.

Pegando o tablete, saiu da cozinha. Ouvi, no corredor, meu irmão descendo as escadas e indo com ele para o carro.

Segurei firme para não descontrolar meu emocional. Enquanto respirava profundamente, puxei o elástico no meu pulso, deixando a dor desviar minha atenção. Lidar com meu pai sempre refletia no meu psicológico.

— Filha? — chamou minha mãe, trazendo minha atenção de volta. —

Está tudo bem?

— Sim… — menti. — Só estou um pouco cansada.

— Por que você não vai encontrar o Igor? Aproveite para descansar, curtir com o amigo… Amamos ter você em casa, mas seu pai está trabalhando, seu irmão na escola… Vá aproveitar a folga.

— Como você sabe que Igor me chamou?

Rindo, minha mãe segurou minhas mãos.

— Eu converso com meu futuro genro pelo WhatsApp, sabe?

Foi impossível evitar o rolar de olhos. Minha mãe sempre insistia que nós dois deveríamos ser um casal.

— Futuro genro só nos seus sonhos.

— Se não for com você, Guilherme vai se revelar gay e se apaixonar pelo Igor. De um jeito ou de outro, vou ser sogra daquele menino.

Às vezes, minha mãe se mostra mais fã dele do que qualquer outra do *fandom*.

Subi para o meu quarto pouco depois da nossa conversa. Fiquei pensando em tudo aquilo, no que deveria fazer.

No fundo, minha mãe estava certa. Eu precisava aproveitar a "folga" que ganhei. Sem nem falar do fato que me afastaria do meu pai e toda sua raiva.

Abri minha mala, colocando lá dentro algumas roupas que deixava na casa dos meus pais , enquanto tirava as que já estavam sujas. Liguei para Igor, que atendeu no segundo toque.

— Ainda dá para eu ir com você?

— Sempre, Rai. Mas estou indo para o aeroporto agora, então teríamos que ver sua passagem. Duas horas para o voo. Acha que consegue chegar lá?

— Sim, consigo — respondi.

— Eu cuido de tudo. Venha que estou esperando. Beijos.

E sem pensar duas vezes, fechei a mala e fui.

# Segundo

*Foi tão difícil ter que enxergar que tudo isso foi ilusão, todo esse tempo eu perdi em vão.*
Melhor Eu Ir - Péricles

*Meses depois, 3 de fevereiro de 2018*

— A que horas você chega hoje? — questionou meu pai, o tom seco como sempre.

— Não sei, pai. Tenho uma reunião das Lolas agora, não sei quanto tempo vai demorar — respondi, empurrando a porta de vidro do prédio da gravadora.

— Perda de tempo! Já falei que é para sair dessa droga! Vou conversar com o pessoal daí e conseguir um contrato solo para você. Só precisa anunciar sua saída de uma vez.

— Não quero anunciar saída nenhuma, pai — respondi, diminuindo o tom de voz para que as pessoas que passavam por mim não ouvissem. O que não funcionou muito bem, já que a recepcionista ergueu o olhar para mim.

— Você está perdendo seu tempo com esse grupo, Raíssa. Deixe de ser idiota! Vai esperar até quando para sair? Até se tornar a integrante que ninguém se importa?

— Pai!

— Não quero saber. Tuco vai à sua reunião, acabou de sair daqui. Deve chegar em uns quinze minutos. Se você não anunciar a saída, ele fará isso por você.

— Pai, por favor, eu consigo administrar as duas coisas. Deixe-me ficar. Por favor.

— Ok, mas a carreira solo é sua prioridade. Se essa banda começar a atrapalhar, você vai sair e não há conversa.

A vontade de chorar era enorme, mas eu sabia que não poderia fazer aquilo ali. Não poderia realizar nenhum dos pensamentos que passavam pela minha cabeça naquele momento. Não na frente de tantas pessoas.

Saí do prédio novamente, em busca do ar fresco.

O prédio da gravadora ficava em um centro empresarial e, naquele horário, poucas pessoas transitavam. Era sábado, os presentes eram trabalhadores.

Parei afastada de tudo, olhando para o céu. Não havia sequer uma nuvem, o azul predominava em parceria com o brilho do sol. Deixei minha respiração voltar ao normal e meus pensamentos se acalmarem. Depois, mandei uma mensagem para o Tuco, perguntando onde ele estava. Respondeu que estava a duas ruas do estúdio, parado em um sinal de trânsito, mas que chegaria em breve. Fiquei esperando do lado de fora, em um banquinho de madeira. Ele estacionou em quinze minutos.

— Ei, garota... — Puxou-me para um abraço rápido. — Seu pai está uma fera, já me ligou e mandou trezentas mensagens. Preciso que me atualize sobre o que você quer, para eu tentar negociar algo que agrade aos dois.

— Não quero sair da banda. Ele concordou com isso, mas disse que devo ter como prioridade a carreira solo e que as Lolas não podem atrapalhar isso, ou eu preciso sair.

— Ok, então vamos mantê-la fazendo os dois. Sobre o que é a reunião de hoje?

— O retorno da banda e nossos próximos compromissos.

Caminhamos juntos para dentro do prédio. No elevador, ele retomou o assunto:

— As outras quatro virão? — Abriu um bloco de notas no celular e começou a digitar freneticamente, enquanto eu assenti. — Acha que haverá algum drama quando você anunciar a carreira solo?

Essa era uma pergunta recorrente na minha mente: o que as meninas pensariam de mim quando eu anunciasse que seguiria carreira solo?

— Todos os cenários possíveis na minha mente são catastróficos.

Tuco soltou uma risadinha.

— Desculpe, Rai, mas não consigo. Você é muito pessimista.

— É a realidade, Tuco. Não posso imaginar uma situação em que elas fiquem de boa com a possibilidade.

— Mas, pelo que você me contou da última vez, essa banda já está sucateada há tempos...

— Sim, mas ninguém levantou essa bola. Estão todas focadas nos próprios problemas, sem enxergarem o que acontece. Tenho certeza de que haverá drama.

Acertei em cheio.

A crise foi pior do que eu esperava. Fizemos uma pausa, em algum momento na reunião, e avisei para Roger que gostaria de fazer um anúncio. Ele já tinha comunicado que discutiríamos a agenda dos próximos meses quando retornássemos, e Tuco achou que era importante falar dos meus planos logo. Minha surpresa foi saber que Paula também tinha um anúncio e que, pasmem, afastaria as Lolas dos palcos mais uma vez:

— Eu estou grávida.

Paula estava com quatro semanas de gestação, e apenas o fato de ela saber sobre isso, nesse ponto, indicava que estava ciente e planejando aquilo. Mas, em algum ponto, foi a minha vez de falar. Achei que estava indo bem, apesar do nervosismo. Era verdade que não conseguia nem olhar para as meninas; sentia todo meu corpo tremer, mas precisava fazer aquilo.

Argumentei que era algo em que eu vinha pensando desde que Thainá precisou de um tempo afastada da banda, que estava sentindo que não havia feito muita coisa nesse tempo, mesmo com a cabeça cheia de ideias. Tentei mostrar que era um projeto que eu queria encarar, que me sentia pronta para isso, talvez assim entendessem que eu também poderia pensar em mim. Além disso, não queria que o pessoal da gravadora achasse que eu queria sair da banda. Ter o apoio deles nisso seria muito importante. O trabalho que faziam era incrível para a nossa carreira, e conseguir um contrato solo seria um sonho.

Informei que queria gravar com outros artistas e aproveitar minhas composições que não serviam para a banda. Ainda pontuei que, com o anúncio da Paula, teria mais tempo livre para me dedicar a isso sem atrapalhar ninguém.

O problema foi que elas não entenderam dessa forma. Claro, pularam para o pior dos cenários que passaram pela minha cabeça.

Thainá ficou brava, batendo na mesa e tentando ter certeza de ter me ouvido falar sobre o temido "projeto solo", mal que afeta todo grupo em algum momento. Apesar de seu tom de voz calmo, havia uma nota fria em suas palavras que era assustadora.

— Sim — sentia minha voz trêmula, então tentei me controlar para as próximas palavras. — Enquanto vocês estão ocupadas com outras coisas, eu gostaria de fazer meus próprios projetos.

A próxima foi Paula:

— Porra nenhuma! — Levantou-se da cadeira, subitamente. — Não venha com esse papinho de projetos paralelos, Rai. Todo mundo sabe o que isso significa em uma *girlband*.

Não, não era isso que eu queria, definitivamente. Olhei para os rostos das minhas quatro amigas, tentando ler seus sentimentos.

A raiva que emanava das expressões era assustadora. Senti-me encurra-

lada por elas. Queria pedir desculpas e dizer que não faria projeto nenhum, apenas para que não me encarassem daquele jeito. Mas olhei para Tuco ao meu lado e lembrei-me de que essa tinha sido uma ordem do meu pai. Tentei me defender de forma honesta, questionando que só usaria o tempo em que elas não estivessem disponíveis para trabalhar. Utilizei o argumento de que teríamos que parar mais uma vez, por conta do bebê de Paula.

Se elas poderiam ter tempo livre para os próprios planos, por que eu não tinha tal oportunidade?

Mesmo assim, as quatro continuavam bravas.

— Gente, eu só quero gravar umas músicas. Não quero acabar com as Lolas — apontei o que, para mim, era óbvio.

O que claramente não funcionou, vide a resposta grosseira que recebi de Bia.

— Você pode ir se foder, se acha que a gente vai aceitar isso, Rai.

Nos cenários que minha mente criou, Bia quase sempre era a que me apoiava. Como eu, ela era a única que não pediu tempo para nada. Havia esperanças, dentro de mim, de que esse sentimento de poder usar o tempo livre para outros projetos na música também estivesse na mente dela. Bom, parece que não.

— Mas, gente! Eu não entendo!

— Então escute o que eu vou falar, Raíssa — Bianca explodiu, a raiva extrapolada nas suas palavras. — Essa foi a mesma conversa que a Camila Cabello teve antes de sair do Fifth Harmony: quero gravar as músicas que eu escrevo e que não servem para a banda; a mesma que o Zayn teve antes de sair do One Direction: quero fazer minhas próprias coisas; e Nick Jonas, antes de terminar os Jonas Brothers: divergências musicais. Vá se foder! Todo mundo sabe o que carreira solo significa para uma banda. Pergunte para os músicos do Exaltasamba se foi legal quando o Thiaguinho resolveu sair do grupo.

Sentindo-me pressionada por todos os lados, não aguentei. Sempre encontrei nas Lolas um escape para a situação com meu pai, para as coisas que ele dizia para mim. Ver a forma como elas lidavam com essa situação, ofendendo-me e agredindo-me verbalmente, foi demais. Então foi a minha vez de explodir:

— E vocês esperam que eu fique para sempre sentada, esperando a boa vontade de vocês quatro trabalharem? Thainá teve um problema com aquele babaca, depois de tanto tempo mentindo para nós, e tivemos que parar. Ester ficou um mês trancada dentro de casa, e só agora falou mais do que em todo esse tempo. Não falava com ninguém, não reagia. Eu estive aqui todo esse tempo, esperando a boa vontade das mocinhas.

Olhando para trás, percebi que a forma como disse as coisas não foi

Carol Dias

das melhores. Poderia ter sido mais gentil com temas que eram tão complexos para as duas.

— Raíssa, pelo amor de Deus, escute o que você diz, mulher.

— Agora, Paula anuncia que vai ter um bebê — continuei, sem deixar que me parassem. Tinha começado a despejar coisas que estavam profundamente enraizadas dentro de mim, que, em partes, foram contaminadas pelas opiniões do meu pai sobre a banda. — Não explicou direito, mas todas sabemos que a gravidez vai afastar a gente dos palcos. A próxima é a Bianca. E aí, Bia, o que você tem para nos contar? O que você vai fazer para nos afastar da música? Poxa, não briguem comigo por querer fazer alguma coisa da minha vida.

— Foda-se, não estou aqui para ser colocada como responsável pelo fim da banda porque eu vou ter um bebê! — Com raiva, Paula se preparou para deixar a reunião.

— Nem eu vou ficar aqui ouvindo julgamentos por ter superado a porra de um trauma. Preste atenção nas merdas que você fala, Raíssa. Ferindo suas melhores amigas desse jeito, você vai ser expulsa da banda. Aí uma carreira solo vai ser a sua única opção.

Todas foram embora. Bianca, Paula, Thainá, Ester e a amiga dela. Quando a porta bateu, senti as lágrimas começarem a descer. Esqueci-me completamente de que havia outras pessoas lá, como James Rodrigues, executivo júnior da gravadora. Roger foi quem me acalmou:

— Calma, Rai. — Ele segurou minha mão por cima da mesa. — Elas estão nervosas, com medo do que esse projeto paralelo pode significar para o grupo. Acho que não deveria ter colocado a culpa na Thainá e na Ester, que passaram por momentos complicados, mas sua vontade de trabalhar neste período é legítima. Desculpe-se com as meninas e sei que aceitarão o projeto, eventualmente.

— Elas estavam me atacando, eu perdi o controle.

— Sim, imagino, mas você pode mais. Essa conversa não precisava ter sido assim.

— Mas conte um pouco sobre o que você pensou nesse projeto solo seu — pediu James, da gravadora.

Nervosa, olhei para Tuco, que sorriu e falou por mim:

— Trouxe uma demo gravada no estúdio do Barbieri. — Ele puxou um *pendrive* da carteira. — Se vocês quiserem ouvir, posso explicar o que pensamos.

Eles rapidamente prepararam o que era preciso para reproduzir o material. Era um vídeo onde eu gravava uma das minhas mil composições. Não era minha favorita, mas eu tinha um apego a ela. James gostou da história e fez uma proposta.

— O material parece bom para uma demo, Raíssa. Nossa gravadora vai apoiar você, sim. Vamos preparar uma proposta e um adendo ao seu contrato.

— Ótimo. Ela também preparou alguns materiais para apresentar a outros artistas, e pensamos em começar com *singles* de parceria antes de, efetivamente, lançar material próprio. Parece ser uma boa forma de começar essa transição, sem chocar os fãs ou despertar o medo da separação da banda, algo que não queremos fomentar no momento.

— Claro, vamos pensar em algo nesse sentido primeiro. Planejar bem como será o lançamento desse projeto solo.

— Para não sobrecarregar o *staff* de vocês — começou, olhando para Roger —, pensamos também em montar uma equipe pessoal para a carreira solo dela.

— Sem problemas — respondeu. — Vamos nos manter sempre alinhados, ok? Se as duas carreiras caminharem juntas, acredito que todos nos beneficiaremos.

Finalizamos a reunião não muito tempo depois. Tuco me deu uma carona para casa. Não sou fã de dirigir e uso muito os carros de aplicativo, ou a carona dos amigos. Nesse caso, ele me levou.

— Acho que, quando suas amigas se acalmarem, você deve conversar com elas e tentar mostrar seu ponto novamente. Essa gritaria só é prejudicial para todos os envolvidos. Pode deixar que vou falar com seu pai sobre a reunião.

— Não sabia que vocês iam começar uma equipe para mim.

— Pensei durante a reunião e vou convencer Barbieri sobre isso. — Virou na rua do meu prédio. — Se você depender de Roger para alinhar os seus interesses, os da banda e os do seu pai, esse projeto não vai dar certo. Ele terá que pesar para o lado das Lolas. Se você tiver uma equipe, talvez a gente consiga ajustar isso melhor.

— Obrigada pelo apoio, Tuco...

Ele deu de ombros antes de responder:

— Estou cuidando da minha saúde mental. Seu pai ia surtar comigo, você ia surtar comigo e, então, eu teria que surtar comigo mesmo. É mais fácil se nós dois estivermos de boa e eu só tiver que lidar com os surtos do Barbieri. Já estou acostumado com o caos desse homem.

— O relacionamento de vocês é quase abusivo, Tuco.

— É quase uma Síndrome de Estocolmo, mas tudo com Barbieri é assim. Ele não é uma pessoa fácil. Acho que nenhum relacionamento daquele homem é saudável.

Eu que o diga...

# ṪERCEIRO

**I'm losing myself, trying to compete with everyone else, instead of just being me.**
*Estou me perdendo, tentando competir com todo mundo, em vez de apenas ser eu.*
Believe In Me - Demi Lovato

*4 de fevereiro de 2018*

— Recebi aqui uma agenda de ensaios sua — disse meu pai, logo após o alô que lhe dirigi. — É ridícula. Você não vai cumprir.

— Pai… Por que não?

Eu tinha recebido o mesmo e-mail. Era de Roger, sobre nossos próximos compromissos, o retorno dos shows e as datas de ensaio. Com tanto tempo longe dos palcos e o show de carnaval para realizar, seria imprescindível fazermos ensaios preparatórios. Não que meu pai concordasse ou achasse uma boa ideia, pelo visto.

— Porque não! É inútil! Já avisei que sua prioridade é a carreira solo agora. Deixei claro tanto para você quanto para Tuco. Não vou tolerar que invista tempo e energia nessa canoa furada. Os inteligentes saem do barco logo, e é isso que você vai fazer.

— Pai, eu tenho um contrato. Não posso abandonar a banda agora.

— Tuco vai conversar com a gravadora e nós vamos resolver tudo isso. Você só vai comparecer a ensaios que forem extremamente necessários.

Pensei na confusão que isso seria e no tanto que atrapalharia meu relacionamento com as Lolas.

— Pai, eu dou conta. Olhei a agenda e posso fazer os dois. Consigo ir ao estúdio e ensaiar com elas.

— Eu duvido muito, Raíssa. Você não tem disposição para tudo isso, sempre foi preguiçosa.

— Mas eu consigo!

— Hoje você está livre e ainda não deu as caras no estúdio. Quer apostar quanto que ainda não levantou da cama? É quase meio-dia!

Ok, eu estava na cama, mas não dormindo. Havia algumas músicas que eu queria registrar e precisava fazer a partitura delas. Era nisso que estava trabalhando, na verdade. Mas não poderia dizer ao meu pai. Eram letras muito pessoais, que eu não queria que ele tomasse conhecimento. Pelo menos, não por agora.

— Não sabia que o estúdio estava livre agora.

— Temos mais de um aqui, Raíssa. Sempre há algum livre. E, se estiverem ocupados, você pode ficar escrevendo, sabe disso. Se você não estiver com as Lolas, quero que esteja aqui dentro, onde posso vê-la. Para me certificar de que não está desperdiçando nosso tempo.

— Ok, pai — respondi, desesperançosa.

— Vou esperar você para almoçar. Não demore.

Olhei o relógio. Marcava 11h44min. Meu pai tinha horário fixo de almoço: das 12h15min às 13h. Não gostava de atrasar nem passar do tempo. Merda.

Corri para o chuveiro e, enquanto me vestia, já pedi o Uber. Felizmente, era domingo, e o trânsito estava livre. Fiz maquiagem no carro, torcendo para os cinco minutos que eu tinha se multiplicarem três vezes.

— Obrigada — gritei para o motorista, assim que coloquei o pé na calçada do prédio.

Meu celular tocou com uma chamada de Tuco. Não precisei atender, pois logo vi que ele saía pela porta do prédio, com meu pai.

— Filha, está atrasada — reclamou.

Olhei para o relógio. Havia passado três minutos do tempo.

— Sinto muito por fazê-los esperar.

No restaurante, que ficava no mesmo centro empresarial do estúdio, escolhi uma massa e um bife. Infelizmente, meu pai não aprovou meu pedido e fez questão de manifestar seu desagrado:

— O que sua nutricionista acha de você comer carboidrato?

Senti-me tremer de medo. Sabia que deveria me alimentar pensando na manutenção do peso para a maratona de shows. Ainda mais se estava considerando levar a vida dupla de trabalhar com as Lolas e ter uma carreira solo.

Meu pai estava certo, deveria me manter bem longe dos carboidratos.

— Ainda não fui vê-la, desde que retornamos.

Respirando fundo e parecendo frustrado, ele se virou para o garçom antes de pedir.

— Ela vai comer a tilápia. Suco de laranja, sem açúcar, para beber. — Em seguida, virou-se para mim e completou, enquanto o garçom se afastava: — É por isso que ganhou peso. Deveria manter a rotina de alimentação mesmo quando a banda estiver parada. Bom, isso não será problema daqui para frente. Tuco, vamos marcar uma consulta com uma nutricionista tam-

bém. E encontrar um *personal trainer*. Não quero mais depender das Lolas para isso. Raíssa vai ser o próximo grande nome no Brasil. Já basta todo o tempo que teve que carregar as outras quatro nas costas.

O almoço continuou, tenso. Meu pai conversou com Tuco o tempo inteiro, sem dar sinais de que sequer notou minha presença ali. O garçom passou para nos oferecer sobremesa, mas meu pai foi direto:

— Ela vai querer a salada de frutas, sem nenhum tipo de açúcar.

— Barbieri, deixe a menina pedir um docinho.

— Tenho certeza de que a nutricionista vai querer que ela perca, pelo menos, uns dez quilos para retornar aos palcos. Nada de docinho.

Tuco me olhou, pensativo.

— Vou querer o mesmo que ela, por favor — pediu ao garçom. — Serei solidário a você na salada de frutas.

Antes que a sobremesa chegasse, meu pai se levantou para atender ao telefone. Saiu do restaurante falando, sem se dar conta do plano do Tuco, que, discretamente, me passou uma trufa de chocolate que não sei de onde veio.

— Obrigada — respondi, abrindo a bolsa para guardar.

— Anda, larga de ser boba, menina. Coma antes que seu pai chegue.

Sem pensar, fiz o que ele disse.

Mas eu senti a culpa, que veio com força total.

Meu pai estava certo. Eu não deveria comer carboidratos, açúcar e tudo mais. Isso era errado. Precisava entrar em forma e cortar qualquer tipo de caloria que não fosse extremamente necessária. Os shows das Lolas exigiam muito do nosso físico, porque deveríamos dançar em 70% das músicas e cantar ao vivo, sem desafinar ou demonstrar falta de fôlego.

Era puxado.

— Vou ao banheiro — avisei, quando chegamos ao estúdio. — Encontro vocês lá dentro, daqui a pouco.

— Não enrole. Estaremos na sala três.

Sozinha no banheiro do escritório do meu pai, forcei o vômito. Não seria a primeira nem a última vez que aquilo me aconteceria. Lidar com meu peso era uma situação desafiadora para mim. Mas eu precisava me fortalecer. Vencer minhas vontades e pensar no que realmente importava.

Encontrar uma forma de sobreviver à maratona que viria pela frente.

Destruída, deixei o estúdio do meu pai depois das oito da noite. Escrevi quase o dia inteiro. Não gravei nada, mas encontrei alguns dos compositores que trabalham com meu pai e acompanhei algumas gravações de artistas por lá. Igor me ligou assim que coloquei os pés dentro de casa.

— Ei, você vem?

O som era alto nos fundos, mostrando que o festival ainda acontecia. Além de Igor, mais seis artistas se apresentariam em um show no Parque Olímpico hoje. Ele me convidou para ir, mas, com tudo que aconteceu, até esqueci.

— Amigo, aconteceu tanta coisa de ontem para hoje... Acho que não tenho forças para ir. Desculpe.

— Ei, o que houve? Quer conversar?

— Não... Você tem um show para fazer, não vou atrapalhar.

— Tudo bem. Mas eu posso sair daqui e ir para sua casa, se quiser. Queria aproveitar que estou na cidade para vê-la. Amanhã a gente já viaja para Portugal.

— Quer dormir aqui? Juro que acordo você de manhã cedo. Comprei o seu sorvete esses dias, o pote ainda está fechado.

— Um minuto, Rai. — Ouvi quando afastou o telefone e falou algo com alguém. Estava na hora de ser microfonado. — Olha, eu tenho que ir. Coloque a cerveja no gelo também e peça a pizza daquele dia. Aviso quando terminar.

Igor chegou em casa pouco depois das onze. A portaria estava avisada e ele subiu direto. Sorria bastante e parecia cheio de energia, o que era normal para nós ao descer do palco. Ele era o típico genro que toda sogra quer, motivo pelo qual minha mãe torcia fervorosamente para que tivéssemos um relacionamento. Ajudava o fato de meu amigo ser um gato, dono dos olhos verdes mais bonitos que já vi. Mas nossa relação não era assim, romântica. Nós éramos muito próximos, mas, se tínhamos outros sentimentos pelo outro, escondíamos muito bem. Até de nós mesmos.

Estava cheia de fome e, apesar de a pizza cheirar muito bem, decidi esperar sua chegada ficando aconchegada em uma manta no sofá, vendo One Day at a Time.

— Se quiser tomar um banho ou usar o banheiro, você já sabe o caminho.

— Banheiro, mas é jogo rápido. Banho eu tomei no final do show — comentou, antes de fechar a porta.

— Vou pegar as cervejas, pode ser? — gritei, caminhando para a geladeira.

Meu apartamento era uma caixa de ovo. Um dos menores no prédio. Eu passava pouco tempo aqui e não gostava de trazer ninguém. Os poucos que me visitavam eram as Lolas, Igor e minha mãe. Aqueles três cômodos — divididos entre sala/cozinha, quarto e banheiro — eram o meu santuário,

e eu não gostava de vê-lo cheio de gente.

De volta ao sofá, Igor não demorou a se juntar a mim. Abriu a cerveja, pegou uma fatia de pizza e passou-me a outra.

— Vai, conte o que está rolando — pediu, pegando o controle da TV. Encontrou um show no YouTube e deixou tocar.

— Anunciei ontem, para as meninas, sobre a carreira solo.

— Hm, e elas? — questionou, a boca cheia de pizza.

— Surtaram. — Dei uma pequena mordida na minha fatia. Não deveria, mas o cheiro estava me matando. — Acusaram-me de ser a próxima Camila Cabello.

Rindo, Igor bebeu um gole da cerveja.

— Camila Cabello se deu muito bem depois do Fifth Harmony. Não seria uma má ideia.

— Eu sei, mas… Não queria que a banda se separasse. Apesar de todos os nossos problemas, acredito genuinamente que podemos continuar fazendo shows. Não tantos quanto hoje, mas estamos consolidando uma carreira lá fora… É horrível perdermos isso.

— Mas você acha que é um caminho sem volta? A briga foi grave?

— É… Talvez eu tenha me sentido muito pressionada e passado um pouco dos limites.

— O que você disse? — questionou, esticando-se para pegar outro pedaço de pizza.

— Posso ter indicado que as culpadas por estarmos nessa confusão foram Thainá, Ester e Paula, pelos problemas pessoais que tiveram.

— E não foram? — perguntou, com a sutileza característica de todo homem.

— Mas algo assim pode soar insensível . Talvez eu tenha que me desculpar pelo que disse, para voltarmos ao nosso bom relacionamento.

— Você tem razão… As Lolas são assim, sensíveis, precisam conversar sobre os próprios problemas. Acredito que suas amigas gostariam de ouvir suas desculpas pela forma como falou, se isso as ofendeu.

— É tudo tão cansativo, Igor. — Sem perceber, engoli a última parte da pizza. — Queria que viver de música fosse mais simples, sabe? Brigar com as minhas melhores amigas não estava nos planos.

— Eu entendo completamente. Esta vida da gente é absolutamente cansativa e, às vezes, tudo o que eu queria era desaparecer.

— Vamos, então. — Encostei a cabeça no ombro dele. — Faremos shows para nossos gatos e viveremos da nossa arte vendida na praia.

Igor riu e me puxou para  seus braços.

— Se vivermos com o mínimo, com a grana que temos no banco, não precisaremos trabalhar por uns quarenta, cinquenta anos.

— Ótimo, combinado, vamos fazer isso.

Rindo, beijou minha cabeça.

— Mas não quero ver você triste com tudo isso. Vamos conversar sobre sua carreira solo. Com Lolas ou não, estou feliz por saber que vou vê-la gravar aquele tanto de música boa que não se encaixava na sonoridade das Lolas.

— É, isso vai ser legal. Algumas delas eu estava pensando até em passar para outros artistas, sabe? Para que, pelo menos, as pessoas pudessem ouvir. O meu medo é como as pessoas vão ver isso. Não quero que os fãs me odeiem por terminar a banda.

— Não penso que isso possa acontecer. Alguns até vão procurar alguém para culpar, mas não necessariamente será você. O fim é sempre um momento doloroso para os envolvidos, mas espero que possam se entender. Sempre gostei das Lolas, tanto como pessoas quanto como artistas.

— Eu também... — minha voz tremulou e senti as lágrimas virem à superfície. — Dói tanto pensar nisso... no tanto que a banda vem se desmanchando com o passar do tempo. Éramos o suporte uma da outra. Passamos por coisas dificílimas, mas estávamos todas juntas. Espero que a gente ainda possa fazer funcionar.

Igor respirou fundo e puxou o celular do bolso.

— Tenho certeza de que vocês vão conversar e se entender, mas quero mostrar uma coisa que pode animá-la. — Ele abriu algo no telefone e deu *play*. Era uma música inacabada, e a voz era facilmente reconhecível: Finn Mitchel, da Age 17. Logo os outros integrantes começaram suas partes. — Ofereceram essa música para eu participar. Eu ouvi, tentei encaixar minha parte, mas  são cinco homens cantando. Pareço mais um sexto integrante do que um artista de fora colaborando. Acho que a canção ficaria ainda melhor com uma voz feminina.

— Igor... — Sentei-me corretamente no sofá, virada para ele. — Isso é uma participação em música internacional, com uma das maiores *boybands* do mundo.

— Sim, é mesmo. Acho que pode ser uma oportunidade incrível para você se lançar. E ainda serve como desculpa para usar  na mídia. Diga que não é porque quer sair da banda, mas que surgiu a oportunidade e não havia como deixar passar.

— Não posso tirar uma oportunidade desse tamanho de você. Não dá.

Ele sorriu e segurou meu rosto com as mãos.

— Outras oportunidades virão. Essa é *sua*, agora. Vamos gravar a demo e mandar para os caras. — Acariciou minha bochecha com os dedos e sorriu. — Mas, antes, precisamos devorar essa pizza, que eu ainda estou com fome.

*Carol Dias*

Segurando para não chorar, respondi:

— Vou passar essa, já estou cheia.

Uma fatia era mais que suficiente. Eu deveria ter segurado a mesma fatia o tempo inteiro, para que não precisasse negar mais, mas tinha me distraído.

— Comeu alguma coisa antes? Só vi você pegar um pedaço... — comentou, enfiando outra na boca.

— Sim, comi — menti.

# Quarto

**Maybe if I don't cry, I won't feel anymore**
*Talvez se eu não chorar, não vou sentir mais nada*
Stone Cold - Demi Lovato

Há uma porção de coisas que acontecem nos bastidores e nós simplesmente não podemos revelar. O mundo, hoje, acredita que uma pessoa pública precisa ser perfeita, sem defeitos, 24 horas por dia. Queria eu ser assim!

A grande verdade é que carregamos medos, sentimentos negativos, incertezas, raivas e frustrações. Muitas vezes, por mais que você se esforce para ser uma pessoa boa, é fácil cair. Deixar o emocional falar mais alto que a sua razão. Eu vivo isso todos os dias, luto contra isso. Quero ser uma pessoa boa, fazer o bem, mas descobri que meu psicológico é afetado por diversas situações. Descobri que nem sempre consigo controlar o mal que há em mim, que há em todos nós.

Torço para que você veja este lado meu e o aceite. Não acho que seja possível viver apenas com o lado bom, por mais que queira.

*Carol Dias*

*5 de fevereiro de 2018*

Perdi quase completamente o horário para o ensaio naquele dia. Nunca fiz Tuco correr tanto ao volante e acredito que nunca mais farei. Aprendi a lição.

As Lolas não pareceram perceber meu atraso. Se perceberam, não se importaram.

Thainá veio até mim com a lista de músicas que tinham escolhido para os próximos shows. Perguntei-me quando isso aconteceu, pois nosso grupo no WhatsApp esteve em quase total silêncio desde a briga. Havia apenas recados dados por Roger.

Não deixei que isso me afetasse. Ouvi o que ela tinha a dizer, concordando com tudo, apenas para não causar mais confusão.

Dançamos. Repetimos cada movimento das nossas coreografias. Quando terminamos, foi a vez de receber a banda para cantarmos ao vivo. Muitas vezes, usávamos a faixa original sem os vocais para esses ensaios, mas em um show de carnaval precisávamos incluir músicas que normalmente não apresentávamos e não tínhamos a faixa original.

Só que, no decorrer do ensaio, algumas coisas foram me irritando. Algumas letras soavam como uma afronta ao processo de composição e à língua portuguesa.

— Não, gente, desculpem, mas essa música não dá. Essa é a letra mais fraca que eu já vi na minha vida.

A banda parou de tocar e todos começaram a nos encarar.

— Rai, é uma música de carnaval — disse Bianca, tentando soar apaziguadora. — As pessoas não estão interessadas na poesia por trás dela. Querem dançar e se divertir. Todo mundo gosta dessa música.

— E várias outras por aí são queridas do público e podem substituir essa — argumentei.

— Mas não vão substituir, porque nós escolhemos essas e vão ficar essas — Ester rebateu, grosseira.

— Bom, eu não fui consultada na hora da escolha, porque teria dito que essa música é uma merda.

— Oh, querida! — Paula começou, irônica. — Vou te dar uma notícia exclusiva, ok? Ninguém mais se importa com a sua opinião! Quer escolher o que vai cantar, faça isso na porra da sua carreira solo!

— Ah, então eu estou liberada para fazer carreira solo? Isso não vai mais destruir a banda?

— Meninas… — Thainá disse, tentando fazer com que nos acalmássemos, inutilmente.

— Faça o que você quiser com essa merda, Raíssa — Bianca soltou, rude. — Saia da banda, faça carreira solo, ninguém se importa. Só não

mexa com o que é nosso e está tudo certo.

Nosso? Do que ela estava falando?

— O que você quer dizer com "nosso"?

— Não vamos brigar, gente. Vamos voltar ao ensaio? — Mais uma vez, Thainá era a responsável por apaziguar. Ela sempre foi a que tentou nos manter unidas nas discussões.

— Olhe ao seu redor, querida — Ester começou, indicando os que nos cercavam. — Essa equipe é nossa. Não a use. Não use nossos produtores preferidos. Davi está totalmente fora dos limites para você. De resto, faça o que quiser.

Uau.

U-au.

Parece que eu fui realmente colocada para fora da banda. Retirada da equação.

Primeiro, escolheram as músicas sem mim. Depois, ignoraram minha opinião. Por último, delimitaram com quem eu poderia trabalhar ou não.

Palmas. É isso mesmo. É assim que se fazem as pazes. Vamos, mesmo, conseguir levar esta banda para frente.

E eu que pensei que poderia me desculpar e as coisas ficariam em paz.

Sentada no escritório do meu pai, respirei fundo e entrei na reunião online marcada. Tuco estava por trás da câmera, pronto para me ajudar no que fosse preciso.

— Oi! — Noah Young saudou, em português.

— Oi! — respondi, também usando meu idioma. — Tudo bem?

— Ah, desculpe — continuou, agora usando sua língua nativa. — Só o que consegui aprender, nos últimos minutos, foi a dizer "oi".

— Apenas perguntei se você estava bem — traduzi, preparando-me para seguir a conversa em inglês também.

Todos os meus anos de cursinho seriam testados naquele momento, porque o inglês britânico é lindo, mas bem mais complexo de compreender do que o americano.

— Ah, sim, estou bem. Os outros rapazes da banda já estão chegando.

Owen foi ao banheiro, e os outros foram buscar algo para comermos. Fiquei aqui para não deixar você esperando.

— Obrigada — respondi, honestamente.

— Não precisa agradecer. Não seria educado da nossa parte. Enfim, é um prazer conhecê-la. Sou Noah.

— O prazer é todo meu, Noah.

Um barulho de porta se abrindo surgiu, e logo o som de vozes animadas seguiu.

— Ei, animais, vamos com calma. Sentem aí que eu já estou falando com ela — Noah reclamou.

Logo, todos foram se acomodando e me saudando. A Age 17 é formada por cinco integrantes: Finn Mitchel, o arrasador de corações; Noah Young, o típico melhor amigo fofo e divertido; Luca, o silencioso e misterioso; Owen Hill, o genro perfeito; e Mase Prather, o *bad boy*. Eles eram a sensação do momento, e cada garota do mundo suspirava apenas ao ouvir falar seus nomes.

Ok, talvez não *cada garota*, mas boa parte delas. Você nem precisava ser fã para achar que os cinco eram gatos e apaixonantes.

— Igor mandou mensagem e estamos o dia inteiro ouvindo as músicas das Lolas — Owen comentou. — Já conhecíamos várias, algumas até tocam nas rádios daqui, mas eu, pelo menos, sou muito ruim para associar a música ao cantor.

— Espero que tenham gostado de alguma — disse, como quem não queria nada.

— Aquela "Uma Rosa" é a minha favorita — contou Finn, o sotaque soando engraçado no título da música.

— Obrigada. Essa eu escrevi com uma das meninas.

— Oh, uau. Então você também é boa compositora — elogiou Noah. — Jogamos a tradução no Google e parecia algo muito bacana.

— Sim. Inclusive, eu mexi um pouco nos meus versos, se vocês não se importarem.

— Claro que não — Finn afirmou. — Igor disse que você mexeria, para transformar em uma versão feminina.

— Eu fiz isso. Queria mostrar para ver o que vocês pensam e explicar, porque adicionei uma palavra em português e algumas outras coisinhas.

Mandei a letra no *chat*, mas os meninos me fizeram cantar para eles. Tremendo, tentei dar o meu melhor e não desafinar. Era assustador. Para minha sorte, eles adoraram. Pareciam pessoas muito tranquilas e carismáticas. Invejei um pouco o relacionamento que tinham, porque me lembrava um pouco de como nós éramos antes de tudo começar a sair dos trilhos.

— Agora, a pergunta mais importante do nosso encontro: suas co-

legas de banda estão ok com isso? — Mase questionou. — Porque nós, como um grupo, não queremos — de jeito nenhum — que isso atrapalhe a sintonia de vocês. Seria incrível fazer uma parceria com a banda toda, mas dez vozes em uma canção parece um pouco demais.

Eu poderia mentir. Dizer que estava tudo perfeito entre nós.

Eu poderia falar a verdade. Dizer que a banda estava afundando há um bom tempo.

Escolhi ficar entre os dois.

— Foi um pouco difícil no começo, mas agora já está tudo acertado. Nossa parceria não vai ser problema para o grupo.

Felizes, eles comemoraram. Combinamos de fazer chamada de vídeo enquanto eu gravava a música, para que pudessem opinar. Avisei que faria isso assim que houvesse alguma cabine de gravação disponível por aqui.

O que não demorou muito. Cerca de duas horas depois, retornei a ligação para eles. Ficamos felizes com o resultado, depois da vigésima gravação. Meu produtor ficou responsável por enviar todas elas para a equipe em Londres.

Só voltei para casa bem no fim da noite. Havia uma mensagem de Igor avisando que seu voo tinha acabado de pousar em Lisboa. Conversamos por alguns minutos e contei sobre o encontro com a Age 17. Não tomei muito do seu tempo porque sabia que a chegada a outro país era sempre agitada. Não queria que perdesse a bagagem na esteira por minha causa.

Mas fui dormir com um sorriso no rosto. Mesmo que as coisas com a banda fossem ladeira abaixo, o que Igor tinha feito por mim era um verdadeiro presente.

Daqueles que eu não fazia ideia de por onde começar a retribuir.

# Quinto

**And I'll make a wish, take a chance, make a change and breakaway.**
*Fazer um desejo, agarrar a chance, mudar e fugir daqui.*
Breakaway - Kelly Clarkson

**EXCLUSIVO: Fim da girlband Lolas é questão de tempo**
*Fonte afirma que integrantes não têm mais interesse em seguirem juntas*

Tudo que é bom chega ao fim! Parece que esse momento chegou para a nossa *girlband* favorita! Uma fonte muito próxima das Lolas afirmou que as integrantes devem apenas cumprir seus últimos compromissos da carreira antes de dar uma pausa, sem data de retorno, pois não tem mais interesse em continuar cantando como banda. A gravadora deve liberá-las da multa rescisória, sob a condição de que as cinco assinem com ela para carreira solo.

Os rumores começaram após um festival onde a banda esteve presente no carnaval. Nele, Paula, uma das integrantes, desmaiou e precisou deixar a apresentação. As outras quatro componentes concluíram o show sem ela. Membros da equipe que trabalhava no evento revelaram ter ouvido uma briga entre duas integrantes, Bianca e Raíssa, após o ocorrido.

Especula-se que uma das componentes tenha decidido seguir carreira solo, o que gerou uma rachadura no grupo. Apesar disso, as Lolas estão remarcando as datas dos shows que foram cancelados nos últimos meses, após a revelação de que o namorado de uma das integrantes era violento com ela. Leia mais sobre o assunto aqui no site. As novas datas para os shows se estenderão pelos meses de maio e abril.

— Você fez o quê? — questionei, irritada, ao ouvir o que meu pai havia acabado de dizer.

— Não fale comigo desse jeito, Raíssa. Fiz o que tinha de fazer.

— Pai! Isso foi horrível! As meninas foram cercadas por repórteres, na saída do tribunal.

— Não dou a mínima para isso. Minha única preocupação é você, não me importa o que aconteça com as outras. Agora, pare de chorar feito criancinha, porque Tuco já está chegando para buscá-la.

— Tudo bem. Mas saiba que não concordo com esse tipo de coisa, pai. Alimentar rumores na imprensa mais atrapalha do que ajuda.

— Não tente me dizer o que fazer. Tenho muito mais tempo de mercado e mais experiência. Você está sendo uma idiota. Levante a bunda da cadeira, coloque um sorriso no rosto e vá fazer essa entrevista.

Desliguei o telefone sem me despedir. Respirei fundo, rezando para que isso não o deixasse furioso.

Eu estava sendo uma idiota. Já deveria ter aprendido, há muito tempo, que ir contra o que meu pai queria era errado. Muito errado.

Barbieri sempre tinha razão.

O interfone tocou, anunciando que Tuco estava na porta do prédio me esperando. Segurando qualquer lágrima que quisesse descer, eu me preparei para sair.

Era uma entrevista para uma rádio carioca, marcada especificamente para falar sobre a música com a Age 17. O lançamento estava próximo e iríamos começar a divulgação. Tinha poucos dias livres para a banda, agora no fim do mês, então me dispus a fazer o que podia em prol da parceria. Isso incluía fotos promocionais e gravação de clipe.

Por sorte, a música falava sobre um amor à distância. Luca seria o protagonista masculino, e nós dois nos comunicaríamos apenas por telefone no clipe, então nunca estaríamos no mesmo ambiente. O que era bom, pois assim não precisava tirar um dia na agenda para ir à Europa.

Definitivamente, a história daquela canção ficou mais bem contada tendo uma voz feminina. Igor ficou feliz com o resultado, gabando-se por ter tomado a decisão certa ao me entregar a parceria.

Eu estava feliz e orgulhosa também. Mas, por outro lado, morria de medo do que o anúncio da parceria poderia gerar para as Lolas. Medo de como receberiam a notícia.

Medo do que os fãs pensariam. Não queria que me odiassem, que me vissem como a responsável por terminar o grupo de que tanto gostavam.

Nunca quis sair da banda, só queria ter meu próprio espaço.

— Que cara é essa? — Tuco questionou assim que entrei no carro.

— Não é nada. Meu pai me contou o que fez.

*Carol Dias*

Tuco bufou enquanto dava partida no carro.

— Saiba que fui contra, mas não há nada que se possa fazer quando seu pai coloca algo na cabeça.

— Sei bem disso, mas estou com medo.

— Não fique. Mesmo se der tudo errado, nós vamos contornar a situação.

Chegamos à rádio, para a entrevista, com um pouco de antecedência. Tuco passou as perguntas para eles enquanto conversava com Henrique, um dos músicos do estúdio do meu pai, que agora iria me acompanhar em programas e eventos. Ainda assim, ouvi meu assessor pedir que os entrevistadores focassem as perguntas no novo *single* e na parceria.

— No ar em 5… 4… — Duda, o apresentador, iniciou a contagem. — Boa, boa, boa tarde a você que nos ouve nas ondas da rádio mais pop deste Brasil — saudou os ouvintes, conversando por alguns minutos com eles antes de me apresentar. — E, hoje, sentada à minha frente está ela, uma deusa, uma Lola, uma feiticeira… Raíssa Barbieri! — Eles colocaram o áudio de palmas, mas todo o estúdio aplaudiu junto. — Seja muito bem-vinda, minha querida.

— Boa tarde a todos! Eu é que agradeço pelo convite para estar aqui.

— Já quero começar perguntando algo superimportante, porque ouvi as palavras carreira solo sendo jogadas pelos bastidores.

Rindo de nervoso, tentei não demonstrar que estava surtando. Não, ele não perguntou sobre a matéria que tinha saído na mídia, dizendo que a banda acabaria e que Bianca e eu éramos as principais interessadas. Mas, se você prestou atenção, ele tinha, sim, abordado o assunto.

— Não chamo de carreira solo, porque estou 100% dedicada às Lolas e aos milhões de compromissos que temos nos próximos meses. Mas preciso ser sincera e dizer que fui convidada para uma parceria incrível e não havia possibilidade de dizer não para isso. Amo muito minhas amigas, estou muito confiante de que continuaremos fazendo coisas incríveis juntas, porém estou superanimada com essa música nova.

— Uau! E o que você pode nos contar sobre ela? É uma parceria, certo?

— Sim, uma parceria com a Age 17.

— Incrível, Raíssa! Bom, se você, ouvinte, vive em uma bolha e não conhece a Age 17, eles são a *boyband* mais famosa do mundo, depois do fim da One Direction. Os cinco rapazes são britânicos e já vieram ao Brasil diversas vezes. Rai, vocês já se conheciam?

— Nunca nos encontramos pessoalmente; mas, após o convite, conversamos por chamada de vídeo e eles acompanharam enquanto eu gravava os meus vocais.

— Que bacana! E você cantará em inglês na gravação?

— Isso, em inglês. Há um trecho em português, mas é bem curto.

— Como foi o processo de composição? Você chegou a participar?

— A música, na verdade, chegou pronta para mim, mas eu quis adicionar alguns toques na letra, para ficar mais pessoal. Não mexi nos versos da Age, apenas nos que cantei. Mostrei a eles na chamada de vídeo em que nos conhecemos, e os cinco foram superabertos às alterações.

— Acho que faz parte de uma parceria que o cantor queira colocar algo de si na canção — sugeriu.

— Não é nada obrigatório, sabe? Mas, quando o cantor é compositor, isso se torna quase impossível. É assim nas Lolas, foi assim também nessa música.

— E como você se sente em relação a essa parceria?

— Estou muito, muito feliz e satisfeita. Sou fã da Age 17 há tempos e, quando me apresentaram a proposta, fiquei animada e torcendo para que tudo desse certo.

— Alguma previsão de quando poderemos ouvir?

— Acredito que no início de março ela já esteja disponível, mas adoraria cantar um trechinho da música para vocês hoje.

Duda chamou o intervalo confirmando que eu cantaria a música no final do programa. No retorno, participei de um jogo em que precisava continuar cantando trechos de músicas brasileiras entre as mais pedidas da rádio. Não fui tão mal, felizmente, mas definitivamente preciso ouvir mais cantores nacionais. Em seguida, ele colocou para tocar uma sequência de canções, incluindo o último *single* das Lolas. Também jogamos conversa fora, sobre cantores que eram minhas influências e o que eu ouvia no momento. Depois de mais uma sequência de músicas e de outro intervalo, voltei ao ar para cantar a parceria.

Ao chegar em casa, não resisti e liguei para Igor:

— Ei, como você está?

— Destruído — reclamou, e ouvi um baque surdo do outro lado.

— Tudo bem?

— Sim, esse foi o som do meu corpo sendo jogado na cama do hotel. Cheguei agora da gravação do clipe.

— Espera, mas não era ontem à noite?

— Sim, nós viramos a noite gravando e só saímos de lá no almoço. Depois, dei uma passada na gravadora, para reuniões, e só consegui vir para o hotel agora.

— Ai, amigo, não vou nem prender você, então. Vou deixá-lo descansar.

— Pode dizer o que quiser. Vou tomar um banho antes.

Ouvi um barulho na linha, provavelmente por ele ter se levantado da cama.

— Era só para conversar sobre a entrevista na rádio. Dizer que deu tudo certo.

— Que bom, Rai. Perguntaram sobre o quê?

*Carol Dias*

— Bom, achei que perguntariam sobre a entrevista que saiu mais cedo, mas conseguimos evitar.

— Sobre o que era a entrevista? Fiquei na gravação e perdi todas as fofocas das celebridades.

— Às vezes, eu esqueço que você é mesmo um grande fofoqueiro. — A risada do outro lado da linha veio alta, junto ao barulho de portas se abrindo e fechando. — Saiu na imprensa que as Lolas vão se separar, que Bianca e eu tivemos uma briga nos bastidores e que nós duas somos as mais interessadas com o fim do grupo.

— Como você se sente sobre isso?

— Nervosa. Não quero que, com o *single* saindo, as pessoas coloquem a culpa do fim da banda em mim. Falei hoje no programa que acredito que vamos fazer muitas coisas juntas ainda e que estou 100% dedicada à banda. Espero que dessa forma as pessoas não pensem que fui eu.

— De certa forma foi, mas entendo completamente o seu argumento e acho que fez bem em dar essa certeza aos seus fãs.

— Meu plano sempre foi dar prioridade para as Lolas e, no tempo vago, lançar uma música ou outra, no máximo um EP[1]. Elas é que levaram para um extremo. Enfim, não quero voltar nessa discussão.

— Claro.

Dessa vez, o barulho foi do chuveiro ligado. Tentei não racionalizar sobre o fato de que Igor estava nu do outro lado da linha, conversando comigo. A água escorrendo pelo seu corpo.

Desde o começo da nossa amizade, tínhamos as linhas bem delimitadas. Nossa vida era uma correria, e o sentimento que nutríamos um pelo outro era esse de amizade, apoio, carinho. Não era romântico, de jeito nenhum. Mas Igor era um gato e o tipo de cara por quem eu sempre me senti atraída, então às vezes, só às vezes, pensamentos impuros sobre ele circundavam a minha mente. Se considerarmos o fato de que ele é um dos poucos homens héteros que prestam neste mundo, um relacionamento amoroso com ele seria uma boa ideia.

A parte ruim seria quando não desse certo, tivéssemos que nos separar e desapontássemos minha mãe, a família dele e nossos fãs, que nos *shippavam* com o nome RaIgor desde que saiu a primeira foto de nós dois juntos, na final do "Canta, Brasil".

Foco, Raíssa. Enterre esse interesse estranho pelo corpo molhado do seu melhor amigo, de uma vez.

— O Henrique estava lá, e nós cantamos um pedaço da música. Foi bem legal.

— E tem vídeo disso? Quero assistir.

---

1   EP, extended play, é uma gravação com poucas faixas, em média de 4 a 6.

— Sim, a rádio transmite o programa no YouTube. Vou pedir ao Tuco para me enviar o trecho.

— Deve ter no Twitter. Seus fãs são rápidos.

O barulho de água cessou.

— Tenho medo de navegar pelo Twitter. Cada dia é uma história/teoria da conspiração.

— É, tem isso. Mas eu já tenho o nome dos fã-clubes que dão notícias minhas e vou direto neles quando quero alguma coisa. Quer saber, espere um minuto que eu vou tuitar pedindo.

— O que? Igor, o que você está fazendo?

— Calma. — Ficou mais uns segundos em silêncio, antes de ler: — "Um passarinho me contou que minha bff cantou música nova hoje, na rádio. Algum fã de RaIgor pode me mandar o vídeo?"

— Você ilude os fãs com essa história de RaIgor, sabe?

— Elas sabem que é só amizade. Pronto, já mandaram o link. Vou assistir assim que a gente desligar.

Conversamos por mais alguns minutos antes de nos despedirmos. Mais leve, fui fazer minhas próprias coisas. Tomar um banho, relaxar. Já estava enrolada em uma coberta, vendo Netflix, quando chegou uma mensagem no grupo da banda. Era simples, um "uau" da Bianca, junto a um link.

## Raíssa, das Lolas, anuncia música com artista internacional
*Colaboração deve sair no início de março*

Novidade para as fãs das Lolas! Em entrevista de rádio, Raíssa anunciou que gravou uma participação no novo *single* da *boyband* britânica Age 17, que participou do mesmo *reality show* que as revelou, porém na Inglaterra. Ela anunciou que está muito animada com a parceria e que quer que os fãs possam ouvir essa outra versão dela.

Sobre a *boyband*, ela se revelou uma grande fã e disse que ainda não os conheceu pessoalmente: "Tive a oportunidade de conversar por chamada de vídeo com eles, durante o processo de produção da canção. São pessoas incríveis e eu mal posso esperar para conhecê-los pessoalmente". Parece que a moça não terá que esperar muito, já que os rapazes têm shows marcados para abril em nosso país. Quem sabe, não rola a primeira apresentação da faixa?

A notícia vem para confirmar rumores sobre uma possível separação da banda, que estão circulando na internet durante todo o dia. Questionada, a assessoria de imprensa do grupo não se posicionou sobre o fim das Lolas, mas hoje elas confirmaram shows pelo mês de março e abril.

# Sexto

**I don't really, really wanna fight anymore. I don't really, really wanna fake it no more.**
*Eu realmente não quero lutar mais. Eu realmente não quero fingir mais.*
Échame La Culpa - Luis Fonsi feat. Demi Lovato

*8 de março de 2018*

A descida da ladeira no relacionamento entre as Lolas se mostrou cada vez mais íngreme depois da entrevista na rádio. A segregação foi ficando cada vez mais evidente. Primeiro, por parte da nossa equipe, que fez questão de dividir o grupo em dois camarins, sempre que possível. Depois, por parte das próprias Lolas, que evitavam me dirigir a palavra, não me incluíam nas decisões e, basicamente, fingiam que eu não existia.

Sinceramente, eu estava cansada. Ver tudo acontecendo diante dos meus olhos e não poder fazer nada deixava o caso ainda pior. Isso sem mencionar a situação da Paula.

Sempre acreditei que, se a gente não puder fazer o nosso melhor, o ideal é não fazer.

Ela, definitivamente, não estava fazendo o seu melhor. Seus enjoos e sejam lá que outros sintomas os dois meses de gravidez despertam na mulher estavam deixando-a totalmente atrapalhada. Erros de coreografia, na música, em posicionamento… Os ensaios foram desastrosos, a Festa das Lolas foi complicada, os shows estavam sendo difíceis também.

E esse era só o começo de um longo período de nove meses.

— Meninas, peço desculpas por hoje — pediu Paula, forçando arrependimento. — Não sei o que aconteceu, mas consegui errar todas as coreografias e algumas das entradas nas músicas. Sinto muito.

"Sinto muito" não resolveria nossos problemas. Irritada como eu estava, não segurei a língua ao responder.

— Ainda bem que você reconhece, porque olha… Foi péssimo, Paula — respondi, usando meu melhor tom sarcástico. — Nossa, levei uma co-

*Carol Dias*

tovelada sua, tive que te empurrar para você corrigir a posição, várias vezes, e fiz a segunda voz para você, sozinha.

— Eu sei, Rai, eu sei... Por isso peço desculpas. Realmente, não sei o que aconteceu.

Olhando para trás, sei que deveria ter parado por aí. Mas, como eu disse, a ladeira era íngreme, e eu rolei por ela junto com a banda. Nada era capaz de me parar.

— Eu não ligo, Paula. Já estou de saco cheio de contornar os seus erros. Desde que anunciou essa gravidez, fica dando desculpas para as merdas que faz, mas tenho uma coisa para dizer: você não é a única com problemas. Arrume a sua merda, volte a trabalhar direito, porque isso aqui pode ser uma brincadeira para você, mas não é para nós. Não é para mim, pelo menos. Sou profissional aqui, dou o melhor show que posso para os meus fãs, e não vou deixar que seus erros comprometam a minha apresentação.

— Rai, calma. — Olhando-me irritada, Ester colocou as mãos nos quadris antes de continuar: — Não foi o fim do mundo. Paula só teve um dia ruim.

— Todos os dias andam sendo ruins para a Paula. Não esqueci todos os ensaios que a gente precisou parar. Ela só tem revezado entre ruim e catastrófico.

Bianca bufou alto e eu a encarei. Seu olhar para mim era mortal.

— Eu me recuso a ficar aqui, ou sou capaz de voar em você, Raíssa. — Terminou de se trocar, pegou a mochila e caminhou para fora. — Avisem quando for a hora de irmos embora.

— Olha só, Raíssa, você tem todo o direito de me criticar pelos meus erros. Reconheço que os cometi e que não estou no meu melhor nos últimos dias. Acabei de pedir desculpas. O que você não deve fazer é falar nesse tom com as pessoas. Grosseria não nos leva a nada.

— Ah, desculpe, alecrim dourado. Não quis ferir seus sentimentos frágeis.

— Raíssa, cresça — Ester reclamou, fechando o vestido de Thainá, que ouvia a briga calada. — Paula não reclamou sem ter razão. Você realmente anda passando dos limites.

— Estou tratando vocês com a mesma cortesia com que as madames têm me tratado.

— Do que você está falando? — Paula questionou com os braços cruzados.

— No dia em que conversei com vocês sobre o que queria fazer, não falei, em nenhum momento, que queria terminar a banda. Isso foi tudo coisa da cabeça de vocês, que automaticamente interpretaram minhas atitudes da pior maneira possível. — A porta se abriu e Roger se juntou a nós, com

o rosto preocupado. Continuei o que tinha a dizer: — De lá para cá, me excluíram de decisões, e vivo segurando a barra das quatro nas coreografias e nas músicas. Minha música nova com a Age 17 saiu e vocês nem fingiram estar animadas. Não devem nem ter ouvido. Se as mocinhas não me apoiam, por que vou me incomodar em fazer algo para agradá-las?

— Não se faça de coitadinha para cima de nós, Raíssa — rebateu Ester, com raiva na voz. — As coisas que falou naquele dia... Você não é inocente nessa história toda.

Cansada da discussão, resolvi colocar um ponto final. Peguei o telefone, escolhi um álbum do Igor e pus os fones nos ouvidos.

— Daqui por diante, podem contar apenas com a minha honestidade brutal. Não me importo com sentimentos feridos pelo caminho.

Sentei-me em uma das poltronas, com o fone no máximo. Abri minhas mensagens no Instagram para responder algumas. Qualquer coisa, nesse momento, era melhor do que ouvir as vozes delas.

## Vimos o clipe de "Away From You" e está incrível!
*A parceria entre Age 17 e Raíssa Barbieri é perfeita e nós podemos provar*

As fãs das Lolas foram pegas de surpresa quando, no final de fevereiro, Raíssa anunciou que faria uma parceria com os nossos queridinhos da Age 17. Simplesmente TU-DO! Na semana passada, a faixa ficou disponível, e nós não paramos de cantar até agora. Nossa equipe foi convidada pela gravadora para ver o clipe, que estará disponível amanhã no canal do YouTube da *boyband*.

No vídeo, Raíssa é uma jovem apaixonada que vive em um país diferente do namorado, representado por Luca. Os outros integrantes da Age 17 aparecem, lindíssimos, dando todo tipo de apoio ao amigo, que sente falta da amada.

Além disso, o clipe mostra o contraste entre as paisagens únicas do Rio de Janeiro e o clima frio de Londres.

Em resumo, tudo está IM-PER-DÍ-VEL. Não perca, amanhã, a estreia do vídeo, às 12h! Mas, enquanto isso, aproveite para ouvir "Away From You" em todas as plataformas digitais.

Olhar para trás e revisitar momentos cruciais da nossa história são coisas, ao mesmo tempo, importantes e dolorosas. Por exemplo, para que você possa se curar, é muito importante identificar os momentos em que foi machucada. Entender por quem e por que você sente que foi ferida. Por outro lado, dói no fundo da alma ver as coisas que você disse e fez. A forma como reagiu.

Escrever, para você, é um jeito de lidar com isso, de certa maneira. É o jeito que eu encontrei. Acredito que assim, mostrando meus baixos e meus altos, conseguirei fazê-la entender o que eu estava passando. Quem sabe, assim você vai poder me perdoar.

# SÉTIMO

**Baby, I'm hoping and praying. My knees weak, I'm shaking, 'cause you know that I always needed saving. Now I'm fucking lonely.**

*Querido, estou esperando e rezando. Meus joelhos estão fracos, estou tremendo, porque você sabe que eu sempre precisei ser salva. Agora estou sozinha pra caralho*

Lonely – Demi Lovato

*31 de março de 2018*

Feriados costumam ser datas interessantes para se marcar shows. Neles, as pessoas estão livres de trabalho e estudo, então podem curtir, mesmo que seja no meio de uma semana.

Mas existem dois feriados que as Lolas não negociam: Páscoa e Natal.

A gente passa tanto tempo longe da família que, a menos que alguém nos convide para tocar no Rock In Rio ou no Coachella nessas datas, nosso lugar será em casa.

Minha família costumava voltar para o interior de São Paulo, onde eu nasci, para comemorar. Era a oportunidade que tínhamos para ver minha avó e reencontrar meus tios.

Honestamente, eu precisava disso. Precisava de cada minuto possível cercada de pessoas que me amavam. Com sorte, ainda conseguiria ver Igor, já que somos da mesma cidade, Campinas.

Ultimamente, as únicas pessoas com quem eu conversava de verdade eram minha mãe, Igor e Tuco. Ele até era assistente do meu pai, mas passava mais tempo nos meus compromissos do que qualquer coisa agora. Ainda bem, porque no meu tempo com as Lolas eu estava sozinha. É isso. Sozinha era a palavra para me descrever ultimamente. Se estivéssemos em uma mesma sala, facilmente você identificaria as rachaduras no grupo. Bianca ficava na dela, Paula também. Thainá e Ester eram quase uma dupla sertaneja.

Tudo isso me deixava estressada, pronta para estourar a qualquer mínima coisa que acontecesse.

*Carol Dias*

Na saída do aeroporto, meu tio Rubinho esperava por mim. Ele era o mais quieto de todos os meus tios, mas o mais carinhoso. Um grande ursinho, que fazia qualquer coisa por mim sem que eu precisasse pedir. Até mesmo me encontrar no aeroporto às três da madrugada, único horário em que foi possível pousar em Viracopos dentro da agenda das Lolas.

— Oi, tio. — Dei um beijo no seu rosto, enquanto ele pegava minha mala.

— Deixei uma manta para você no banco de trás, se quiser cochilar lá.

— Ai, obrigada. Estou mesmo com sono , tio.

Entrei no banco de trás e, enrolando-me na manta, dormi antes mesmo que ele desse partida no carro. O caminho para o sítio da minha avó foi rápido, cerca de meia hora. Acordei quando ele parou ao portão. Minha tia Vivi, esposa dele, estava abrindo para nos deixar entrar.

No sítio da minha avó, havia a casa principal e mais três casas menores, para os filhos. Apenas tio Rubinho, o caçula dentre os quatro, ficava com minha avó e meu avô. Ele preferia assim, pois poderia ficar de olho nos dois. Ele era o único que morava em Campinas e visitava meus avós com frequência. Meus outros tios viviam em São Paulo, e meus pais se mudaram para o Rio de Janeiro por minha causa.

— Vou parar perto da casa da vó — avisou, assim que notou que eu estava acordada. — Ela disse para você ficar lá esta noite, para não acordar ninguém na sua casa.

Minha tia Vivi entrou no carro e deu um selinho no marido.

— Uma carona? — pediu, rindo. Então se virou para o banco de trás. — Tudo bem, Rai?

— Tudo sim, tia. Desculpe o horário.

— Não tem problema. É uma boa desculpa para dormir até tarde amanhã. Isso se as crianças deixarem… Estavam todos empolgados para ver você.

Sorri, pensando nos abraços das crianças. Meus primos eram divertidos, agitados e me amavam como poucos. Sempre que eu ia para casa, minhas primas mais velhas, de onze anos, tinham praticado alguma das minhas coreografias e ficavam pedindo para dançar comigo.

Desci do carro e logo encontrei minha avó parada à porta, de avental e com um pano de prato no ombro. Assim que me aproximei, ela me estendeu a mão para que eu a beijasse.

— Sua bênção, *vó*.

— Deus abençoe, minha filha. — Puxou-me para um abraço. — Fiz bolo de banana. Ia passar um café, mas está tarde, então fiz um chocolate quente. Suba para tomar um banho, que depois eu vou levar o lanche para você.

Não adiantava discutir nem dizer que minha avó "não precisava ter ficado acordada", porque ela não se importava. Enquanto todos os seus não

estivessem protegidos debaixo das suas asas, dona Lurdinha não sossegava.

Obedeci a seus direcionamentos e fui direto para um dos quartos do primeiro andar, que ela tinha separado para mim. Quando saí do chuveiro, a porta estava fechada e havia uma bandeja na cama, com o chocolate e o bolo. Liguei a TV do quarto e estava passando um filme de drama, que não faço ideia do nome. Assisti enquanto comia, mas não demorou muito para que eu dormisse.

Na manhã seguinte, acordei com o barulho da porta se abrindo. Ninguém entrou, mas, quando abri os olhos, notei dois olhinhos à porta. Era meu irmão, Guilherme. Sorrindo, chamei-o. Deixando a porta aberta, ele entrou com a minha priminha mais nova, Letícia. Os dois subiram na minha cama e começaram a fazer milhares de perguntas, que iam desde saber por quanto tempo eu ficaria ali até o motivo para Jesus ter sido pregado em uma cruz. Crianças...

Quando eles se cansaram das perguntas e resolveram sair do quarto, separei minhas roupas para tomar banho e encontrar minha família. Meu avô estava na cozinha, com a minha avó. Eles já estavam preparando o almoço. Dona Lurdinha me fez comer uma fatia do bolo de banana, mas saí logo em seguida, sem querer incomodar. Na varanda, minha mãe e minhas tias cortavam legumes para o almoço de amanhã.

Esse sempre foi um conceito muito complicado para a alma preguiçosa que existe em mim: preparar o almoço com 24 horas de antecedência. Passei o que restava da manhã com as crianças. Eu era a primeira neta da minha avó, todos os outros filhos dos meus tios ainda eram considerados crianças. Ser a única maior de idade no meio deles me dava vantagens, e era exatamente do que eu precisava no momento. Esqueci completamente que existia uma *girlband* em crise lá fora.

Estava no meu quarto depois do almoço, arrumando as coisas para ir para a casa dos meus pais, quando minha mãe chegou, perguntando o que eu estava fazendo.

— Separando as roupas sujas, para ver se consigo usar a máquina da vó.

— Passe aqui o que está sujo, vou colocar na sacola. Vai arrumando o que está limpo.

— Obrigada, mãe. Não precisava.

— Quero aproveitar para falar um pouco com você. — Trocamos um olhar longo, cheio de significados. — Quando foi a última vez que foi ver a Emília?

Suspirei. Claro que era sobre isso.

— Não faz muito tempo.

— Dias, semanas ou meses?

— Cinco ou seis semanas, mais ou menos. Talvez mais.

Definitivamente mais.

— Filha… Você deveria ir a cada quinze dias. Está se sentindo bem, pelo menos?

— Tudo sob controle, mãe.

Definitivamente não estava, mas preocupar minha mãe era a última coisa que eu queria.

— Eu a conheço, Raíssa. — Ela se aproximou de mim, segurando meu rosto entre as mãos. — O que você diz com os lábios não é o mesmo que diz com os olhos. Os sinais estão por todo o seu corpo, e eu já aprendi a reconhecê-los. Por favor, peça ajuda antes que as coisas passem dos limites, filha. Sei que seu pai não está facilitando, as coisas estão difíceis. Mas, se cuide, por favor. É tudo que peço.

Eu não aguentei.

Sim, estava sendo muito difícil. A solidão é algo que machuca demais. Sentia-me partida em múltiplos pedaços. Meu pai me pressionava, minha banda me odiava.

Eu só queria sumir.

Com lágrimas caindo pelo meu rosto, senti os braços dela me envolverem. Chorei com vontade, deixando sair um pouco da angústia que sentia.

— Ok, mãe. Prometo pedir ajuda.

— Ótimo. — Ela beijou o topo da minha cabeça. — Porque eu já pedi ajuda. Igor vem para o jantar, sei que quer ver seu amigo. Além disso, disse ao seu pai que você queria ficar com sua avó aqui na frente, para ficar mais perto dela. Vai ser bom ficar um pouco sem ter que ouvi-lo dar ordens para todo lado.

— Obrigada.

Quando minha mãe saiu do quarto, com minhas roupas sujas no braço, mandei mensagem para Igor perguntando a que horas ele viria. Antes mesmo que meu amigo terminasse de digitar, meu pai entrou no quarto.

— Olhou seu e-mail?

— Não, pai. Estou tirando o dia para ficar com a família.

— Claro. Estamos todos, mas você não pode ficar sem olhar os e-mails, então faça isso agora. Sempre há alguma cantora que não tirou o dia para ficar com a família e poderá responder e-mails. Trate de ficar atenta.

Abri minha conta para ver. Era uma proposta para dublar uma princesa em uma animação. Fiquei, ao mesmo tempo, animada e nervosa. Mas não tinha dúvidas a respeito do que responderia.

— Pai, quero fazer. Claro que quero.

— Sei que quer. Já respondi dizendo que você faria. Mas eles querem que escreva uma música promocional para o filme. Prometi que enviaria até amanhã.

— Até amanhã? Mas, pai, eu nem sei sobre o que é o filme.

— Sim, sim. Tuco vai mandar tudo para você por e-mail, daqui a pouco. Mas já vá pensando em alguma coisa.

Ele saiu, batendo a porta. Meu telefone começou a vibrar minutos depois, era uma ligação de Igor.

— Ei! Tudo bem?

— Sim, mas tenho uma coisa muito doida para te contar. Que horas você vem?

— Eu só ia mais tarde, mas posso ir logo, se precisar.

— Por favor!

Em meia hora ele estava estacionando próximo à casa. Foi o tempo necessário para o e-mail do Tuco chegar, contando em resumo sobre o que era a história e a mensagem que eles gostariam de passar com a música promocional. Passamos um bom tempo conversando com a minha avó, porque ela, assim como minha mãe, era a maior fã do Igor neste mundo. Assim que ele respondeu todos os questionamentos de dona Lurdes, fomos nos sentar no balanço das crianças. Era uma área inteira com brinquedos para os meus primos, que meu avô fez questão de construir assim que comprou o sítio. Era a hora do banho deles, então o local estava vazio.

— Recebi um convite para dublar uma princesa de animação.

Sentado no balanço ao meu lado, os olhos dele se arregalaram.

— Sério?

— Sim. Estou surtando. Eles também querem que eu escreva uma música para ser o *single* promocional.

— Raíssa! Que incrível! — Ele ficou de pé, na minha frente. — Mas é um filme gringo?

— Sim… A música promocional é só aqui para o Brasil.

— Caramba… Estou muito, muito feliz por você. Porra, isso é incrível, Rai.

Ele me puxou para ficar de pé também e me abraçou.

— Eu sei! Por isso estou surtando desde que fiquei sabendo.

— Já pensou em algo para a música?

— Não, nada. Acabei de receber as orientações.

— Cadê, me mostre.

Depois de ler o e-mail, Igor já estava animado e cheio de ideias. A gente sempre compôs juntos, várias músicas nossas entraram nos álbuns dele. Aconteceu de novo dessa vez. Ele buscou o violão, eu peguei meu caderno, nós nos sentamos na varanda da minha avó e finalizamos uma música sobre ser forte, acreditar no próprio potencial e dar o seu melhor. Claro, em uma linguagem que crianças entenderiam. Antes mesmo do jantar, meu pai fez meus primos se reunirem para ouvir a música e dizerem se gostavam.

Tudo foi filmado pelo celular dele e enviado imediatamente para Tuco, que fez chegar aos responsáveis pelo filme.

O fim de semana seguiu com altos e baixos, mas eu me sentia um pouco como a mocinha do filme, então usei a música que escrevemos como motivação. Toda vez que meu pai era abusivo, eu me lembrava de que era forte. Toda vez que pensava na confusão que as Lolas estavam e causariam na minha carreira, eu me lembrava do meu potencial e do fato de que consegui uma parceria internacional e a dublagem de um filme. Era só dar o meu melhor, como tinha feito até ali.

# ⟁ITAVO

*É uma canção da Adele, me acalma. Eles querem coisa de pele, a gente tem coisa de alma.*
Linda - Projota feat. Anavitória

25 de abril de 2018.

Quase um mês depois, desembarquei no aeroporto de Guarulhos. No início do mês, quando agendamos minha primeira participação em um show da Age 17, acreditei que teria tempo para me preparar e assimilar tudo o que estava acontecendo. Mas era difícil, quase impossível. Abril foi uma loucura para nós. Brigas e mais brigas, rumores na imprensa... Mas, no fim de semana, o que acredito ter sido o pior de tudo saiu.

Sabia que meu pai fazia parte das tais "fontes" dos jornalistas. Estava acostumada a ouvi-lo dizer que sim, tinha falado com tal portal; sim, deu tal entrevista; sim, soltou tal boato. E todas as vezes que tentei reclamar, fui a única a sofrer os danos. Recaiu sobre mim a ira do meu pai. Ele me xingou, me menosprezou e atacou minha saúde mental.

Como minha mãe disse, eu deveria ter ido ver a Emília.

Mas a realidade da minha vida era que eu não tinha mais cinco minutos para passar comigo mesma. Os compromissos das Lolas estavam se amontoando, e qualquer minuto livre que eu tinha era preenchido com a carreira solo.

Depois que meu pai levou a música para o pessoal da produtora do filme, questionaram se Igor gostaria de participar. Fiz o que pude para que ele aceitasse, pensando que essa seria minha forma de agradecer pela parceria com a Age 17. Seríamos um casal, pela primeira vez, em um filme. Só que não parou por aí: por terem gostado do meu trabalho e da rapidez, ofereceram-me a oportunidade de cuidar das versões em português das músicas do filme. Sim, eu estava traduzindo e adaptando todas as músicas. E isso exigia muito de mim.

Tudo o que eu queria era poder contar para as minhas amigas sobre

*Carol Dias*

isso e dividir com elas esse passo enorme na minha carreira e realização pessoal. Só que o relacionamento com as Lolas já tinha passado do ponto em que era quase impossível fazer dar certo novamente. Não conseguia enxergar, na verdade, uma forma de voltarmos a ser amigas que torcem umas pelas outras.

O que aconteceu no fim de semana selou e sedimentou tudo isso.

Acordamos com uma matéria em um grande jornal do país, que tinha como título "Os bastidores sombrios do fim da maior *girlband* do Brasil". O redator era um amigo do meu pai, e nem me dei ao trabalho de perguntar se ele tinha um dedo nisso. Principalmente porque meu pai me enviou o link da matéria pelo WhatsApp, seguido da seguinte mensagem:

> Vamos ver se agora essa bandinha se separa e, finalmente, consigo que você trabalhe na própria carreira.

Abri o link acreditando que era só mais uma das matérias especulativas que já tinham saído na mídia, mas essa tinha um tom diferente. Ela dava detalhes específicos sobre reuniões e motivos, brigas, acordos, tudo. Falava exatamente o que acontecia nos bastidores das Lolas e pintava alguém como a grande responsável por tudo isso. Dava, finalmente, um nome para quem seria a responsável por acabar com as Lolas.

Bianca.

Eu sabia que as meninas me culpavam. Sabia que elas acreditavam fielmente  que eu era culpada por tudo que estava nos acontecendo.

Do meu ponto de vista, as coisas tinham acontecido de forma diferente. Toda essa briga começou porque elas não conseguiam entender o meu lado. Posso ter erguido a espada, mas todas elas correram junto comigo.

Só que eu tinha plena noção de que apontar todos os dedos para Bianca era errado. Ela podia não ter me dado ouvidos, não ter entendido o meu lado, mas sempre se dedicou ao grupo. Achar uma culpada entre nós cinco era errado, porque todo mundo teve sua parcela de culpa. Todo mundo colocou desejos pessoais à frente da banda. Deveríamos "segurar esse pepino" juntas na imprensa.

Mas todas as pedras foram jogadas na Bia — quase literalmente — porque um homem, que se dizia nosso fã, agrediu-a no estacionamento de um dos nossos shows.

Foi assustador.

Quando o segurança entrou no camarim carregando-a no colo, meu mundo desabou. Precisei me sentar em um sofá, sem conseguir tirar os olhos dela. Que loucura. Era inacreditável pensar nisso, no fato de um "fã"

ter fugido da Segurança, encontrado Bianca no estacionamento e a agredido, sob o pretexto de que ela "acabou com a banda". E, sim, não posso ser hipócrita, pensei que aquela agressão foi destinada à pessoa errada. Eu deveria ter sofrido aquilo tudo. A culpa me consumiu. Processar aquilo seria ainda pior.

Como eu disse, era muito difícil conseguir enxergar a banda voltar ao normal depois de tudo isso. Não consigo ver cada uma de nós assumir sua parcela de responsabilidade. Passamos muito do ponto em que isso era possível. Pedir perdão era doloroso.

Então, fiz um acordo comigo mesma: ao pisar no aeroporto de Guarulhos, esqueceria as Lolas e seria Raíssa Barbieri. Lidaria com toda a confusão mental das Lolas depois. Viajei com Tuco e meu novo segurança, Antoni. Logo que desembarquei, a equipe de Segurança do aeroporto se juntou a nós, dizendo que havia muitos fãs por lá, já que a Age 17 estava programada para chegar em breve. Fui levada pela saída de cargas.

Fiquei em um hotel próximo ao Allianz Parque. O combinado era que eu iria para um almoço, durante o qual conheceria os rapazes. Participaria da passagem de som junto a eles à tarde. Depois, gravaríamos a nossa música acústica, para o YouTube. Igor prometeu que viria pouco antes do show para conhecer a banda.

Aproveitei as poucas horas livres naquela manhã para cuidar de mim. Um cabeleireiro amigo meu, de São Paulo, estava me esperando no saguão do hotel assim que cheguei, acompanhado de uma amiga manicure. Era bom fazer tudo aquilo com calma, já que na banda era sempre na correria. Quando o horário de encontrar os rapazes para o almoço chegou, eu me sentia leve e bonita.

Estava tremendo interiormente por, finalmente, conhecer a maior *boyband* da atualidade, mas escondia o máximo possível.

Ao chegar ao restaurante onde seria nosso almoço, os rapazes estavam sentando-se à mesa. Fiquei feliz pelo *timing*, pois não queria chegar antes deles, nem atrasada. O primeiro a me receber, com uma gargalhada e um sorriso, foi Noah.

— Ei, Raíssa! Prazer em conhecê-la.

Sabendo que beijos e abraços são parte da cultura brasileira, mas não é muito comum para estrangeiros, cumprimentei-o apenas com um sorriso e um aperto de mão.

— O prazer é meu. Como foi a viagem?

— Longa — comentou, rindo. — Deixe-me apresentá-la aos outros. Owen — chamou, batendo com força no ombro do amigo.

— Vai com calma, maluco. Tá muito empolgado desde que chegou neste país — reclamou, virando-se para mim em seguida. — Olá, Raíssa

— disse em português, beijando minha mão em seguida.

O "olá" mais parecia um "hola", mas preferi não comentar. E meu nome definitivamente saiu carregado de sotaque. Gringos. Um por um, eles me cumprimentaram. Depois, Noah apresentou o assessor e o tradutor deles, que estavam ali para o almoço. Sentei-me à direita dele, Owen do outro lado, Finnick à minha frente. Era um pouco difícil seguir a conversa em inglês britânico, as piadas, a velocidade, mas dei o meu máximo.

Seguimos cumprindo a agenda. Assisti a toda a passagem de som e passamos nossa música, medindo posicionamento e tudo mais necessário. Havia alguns fãs lá, que compraram ingresso para a passagem de som, e tirei fotos com as que estavam na frente. Quando terminamos, gravamos nossa colaboração, e foi simplesmente incrível fazer aquilo pela primeira vez. A sensação era outra, totalmente diferente de ter cantado sozinha em programas de rádio. Totalmente diferente de estar dentro de um estúdio, com os cinco em videochamada.

Mal podia esperar para estar no palco, com os fãs.

Fui para o camarim e me vesti. Quando Igor chegou, eu estava sentada à penteadeira, finalizando a maquiagem, mas ainda faltava uma hora para o início do show.

— Ei… — percebi, pela sua voz, que ele entrava no camarim, mas não me movi. — Já está se arrumando? — estranhou.

— Estou nervosa. Surtando, na verdade.

Rindo, aproximou-se. Cumprimentou meu maquiador, que terminou o que fazia e despediu-se para ir ao banheiro, deixando-nos sozinhos. Beijou meu rosto e fez com que eu girasse à sua frente.

— Você está linda. Não precisa surtar, porque vai se sair mais do que bem.

Quando segurou  minha mão, notei que estava sem minhas pulseiras. Nervosa, puxei o braço e afastei-me, caminhando até minha bolsa.

— Agradeço, mas parece que subirei ao palco pela primeira vez na vida — comentei, tentando soar preocupada apenas com o show.

— Lembre-se de que não é. Você faz isso o ano inteiro, às vezes, mais de uma vez na mesma noite. Talento é seu nome do meio.

Continuei procurando na bolsa, mas minhas pulseiras não pareciam estar em lugar nenhum. Com o *look* que preparei, sem mangas, eu precisava delas como precisava de ar. Não existia a possibilidade de ficar próxima a mais ninguém sem  usá-las.

Infelizmente, não as encontrei. As marcas pareciam gritar para mim, o que me deixou ainda mais nervosa. Igor dizia alguma coisa às minhas costas, mas eu estava agitada demais para prestar atenção.

Como eu poderia ter esquecido!

Fui procurar na bancada e nas minhas coisas espalhadas pelo camarim.

Usei uma blusa de manga longa o dia inteiro, então não me preocupei com elas. A única coisa em meu pulso era o elástico de cabelo, que eu praticamente não tirava de lá. Mas ele era só um e não servia para esconder o que eu não queria que os outros vissem.

A palavra "maquiagem" saltou na minha mente. Parecia ser, claramente, a única saída para a minha total falta de noção e atenção.

— O que você está procurando? — Igor parou atrás de mim, com as mãos nos meus ombros.

Obriguei-me a respirar fundo, pensando em alguma resposta. Ele já tinha percebido meu nervosismo, obviamente, e eu não queria transparecer mais do que deveria.

— Minhas pulseiras. Não sei onde as coloquei.

— Será que é aquela bolsinha em cima do sofá?

Meu olhar se virou na direção indicada, imediatamente. Para o meu alívio, lá estava o *necessaire* onde eu guardava todas as minhas pulseiras.

— Nossa, sim. Obrigada. — Corri até lá, colocando todas no seu devido lugar, de imediato.

— Estavam no chão, perto da porta. Deve ter caído. Coloquei no sofá quando entrei.

O ar, que voltou a entrar nos meus pulmões, deu-me novo fôlego.

— Ok, estou mais tranquila agora — comentei, relaxando no sofá. Ele logo se juntou a mim. — Já foi conhecer os caras da banda?

— Sim, acabei de vir de lá. Não quis levar muito tempo, para não atrapalhar a rotina de show deles. Achei que seria melhor passar no camarim dos anfitriões e depois ficar aqui com você.

— Plano perfeito, como sempre. — Deitei a cabeça no ombro dele. — Obrigada, mesmo, por vir. Estou enlouquecendo com tudo. Ter você aqui me acalma.

— Ué — comentou, passando o braço pelos meus ombros. — Não sabia que eu tinha virado música de meditação.

Dei um soco leve na lateral do seu corpo, sem intenção de machucar. Ele se fez de ferido.

— Está mais para uma música da Adele.

Isso fez Igor rir desproporcionalmente. Meu comentário nem mesmo chegou a ser uma piada, para ser tão engraçado. Mas existem pessoas na nossa vida que são assim mesmo, eu acho. Riem das tentativas de piadas, cobram nossos erros e apoiam incondicionalmente. Dei a sorte de encontrar essa pessoa na minha vida e poder chamá-la de "meu melhor amigo".

Apenas para esclarecer, eu tinha uma *playlist* de músicas da Adele para ouvir antes de momentos importantes nos quais precisava me manter calma. Sempre achei as melodias dela com um ar classudo, elegante. Sentia-me

muito mais em paz depois de escutá-la.

— Você vai cantar apenas "Away From You"?

— Não. Eles pediram para eu participar de outra música deles hoje, então faremos duas. É com essa que estou nervosa.

— Qual é? Quer passar no violão comigo?

Emocionada com o fato de ele sempre pensar em mim, fomos atrás de um violão. A equipe nos emprestou um que não seria utilizado. Igor passou comigo uma, duas, três vezes. Chamaram-nos para participar do círculo antes que eles subissem ao palco, o que era um momento único de cada banda. Alguns oravam, outros apenas pediam boas energias. Com a Age 17, houve os dois. Dentre os cinco integrantes, havia religiões diferentes, então cada um falou algumas palavras, pedindo por aquele momento. Quando o show começou, nós dois nos dirigimos a um camarote que reservaram para minha equipe. Fiquei lá cerca de meia hora, curtindo, mas vieram me chamar para me preparar. Microfonada, comecei minha própria rotina de preparação.

Noah fez uma pequena introdução. Disse que estavam muito felizes por se apresentarem no Brasil, que aquele era um momento especial porque seria a primeira vez que cantariam o novo *single* ao vivo, de forma completa.

A gritaria no estádio foi ensurdecedora. Eles usavam meu *playback* nos shows, mas certamente a emoção seria diferente.

Meu posicionamento era no fim da passarela, de onde eu surgiria. Eles estariam em círculo ao meu redor, de costas para mim, o que dificultaria a visão do público. Nas primeiras notas da música, comecei a tremer, tamanha a energia que sentia vir de todos os lados.

Foi diferente de tudo que eu já tinha vivido. Com as Lolas no palco, olhava para o lado e via toda a nossa história. Conhecíamos nossos posicionamentos, nossas preferências, nossas falhas. Felizmente, tudo correu bem, mas o misto de alegria e vazio me dominou por completo; alegria por viver algo incrível, mas vazio por não dividir isso com quem esteve comigo por tantos e tantos anos.

Entre uma música e outra, tentando falar por cima do grito dos fãs, Noah pediu que eu desse oi para o público.

— Boa noite, gente! — falei, em português. A gritaria vinha de todo lado. — Obrigada por estarem aqui comigo, obrigada por ouvirem "Away From You" e nos darem tanto carinho. É uma honra estar aqui com vocês.

— Rai, preciso pedir um favor — disse Owen, assim que eu terminei, passando o braço pelo meu ombro. Tínhamos combinado como seria esse momento durante a passagem de som. — Não sei se você percebeu, mas nenhum de nós fala português. Você se incomodaria por traduzir algumas coisas para os nossos fãs?

— Será um prazer — respondi a ele. Em seguida, falei com os fãs. — Ei, gente. Parece que os rapazes querem mandar um recado para vocês. Vou traduzir, ok?

A gritaria se repetiu.

— Para começar, preciso dizer que não me canso, nunca, de vir ao Brasil. — Logo após Mase falar, fiz a tradução, assim como foi com os outros.

— As fãs mais bonitas e apaixonadas do mundo estão aqui — elogiou Owen.

— A comida brasileira é de outro mundo. Pão de queijo é um presente dos deuses — comentou Noah, efusivamente.

— O coro das vozes de vocês é o som mais especial que já ouvi na minha vida — Finn também se pronunciou.

Era a vez de Luca, que deu um passo à frente, como se fosse falar também, mas parou, olhou para o público e cantou. Era uma música do grupo, que começava com "em vez de falar, preciso cantar…" e continuava rasgando elogios para a pessoa amada. Noah tinha me dito no ensaio que essa era uma dinâmica que eles sempre utilizavam, mas que com a tradução ficaria muito melhor. Dava para ver nos rostos das fãs, enquanto cantávamos, o quanto elas estavam emocionadas. Fiquei feliz por ter participado daquilo.

Saí do palco pelo mesmo lugar que entrei, realmente grata pela experiência. Encontrei Igor nos bastidores e o abracei com força. Comecei a chorar, mesmo sem entender bem. Eram tantos sentimentos me dominando, que as lágrimas foram minha forma de deixá-los sair. Havia a emoção por fazer aquilo, mas também havia algo estranho, uma mistura de culpa com dor, por não estar ali com as Lolas. Aceitar que nossa amizade não caminhava bem e que eu nem mesmo sabia se ainda existia algo disso entre nós…

Nossa. Era *demais*. O palco faz isso com o artista. Mexe com seu emocional de tal forma que toda a sua vida passa como um *flash*.

E eu só podia agradecer por ter Igor ali comigo, para me abraçar e entender esse sentimento. Ele estava fazendo um papel muito melhor do que qualquer música da Adele. As pessoas passam a vida buscando uma conexão física com outro alguém, mas o que nós dois tínhamos ia além. Era coisa de alma.

# Nono

**My only one. My kingdom come undone. My broken drum. You have beaten my heart. Don't want no other shade of blue but you. No other sadness in the world would do.**

*Meu único. Meu reino foi desfeito. Meu tambor, quebrado. Você bateu em meu coração. Não quero outro tom de tristeza além do seu. Nenhuma outra tristeza no mundo seria o suficiente.*

Hoax - Taylor Swift

*4 de maio de 2018*

Encontrei-me com as Lolas no mesmo dia que Bianca. Ela ficou afastada por alguns dias, recuperando-se da agressão que sofreu. De início, fiquei frustrada por ver outra integrante pedir um tempo para cuidar de problemas pessoais. Depois, entendi o lado dela. Graças a uma fofoca feita pelo meu pai, um homem — que concordamos em não chamar de fã — agrediu Bianca no estacionamento do show. Ter medo e querer se afastar podem ser consideradas atitudes normais.

Tudo isso me fez ficar pensativa. A empatia que me faltou, meses atrás, surgiu com força. Em parte, por uma conversa que tive com Igor depois do show da Age 17, na qual ele me mostrou como eu estava sendo injusta em muitos pontos. Acho que o que mais me incomodou na situação toda foi o acúmulo. Paula ficou doente, tirou uns dias. Thainá precisou de uns dias fora, por causa do namorado. Logo na sequência, Ester se afastou por causa do crime que presenciou e da Síndrome do Pânico.

Não retiraria o que disse naquele dia, porque tive motivos para tal. Mas não faria o mesmo com Bianca. Ninguém precisa ficar repetindo os erros que cometeu, para sempre.

Mas o nosso encontro não foi nada tranquilo; o oposto, na verdade. Tive uma recepção gélida de Ester e Paula. Thainá foi a única que ainda tentou.

— Olha, Rai. Não consigo falar sobre o que sinto ao saber que você

está seguindo carreira solo — Ester começou. — Acho que estou cansada de tanta briga, de repetir as mesmas coisas. O medo de uma de vocês virar para mim, a qualquer momento, dizendo que vai sair em definitivo, é algo que me atormenta o tempo todo. Já tive vários sonhos com a saída de cada uma de vocês, especialmente nas últimas semanas.

— Nós conversamos e, de verdade, o ideal é não tentarmos mais, sabe? — continuou Paula. — Não vamos forçar uma amizade que não existe mais. Depois do que aconteceu com a Bianca, todas ficamos pensativas.

— O melhor é seguirmos com os compromissos, respeitando umas às outras, e pensar no futuro da banda quando o bebê nascer.

Eu não queria mais brigar também. Estava cansada. Concordei com aquilo e com o fato de que precisaríamos falar com Bianca quando ela chegasse. Mas, logo, Jéssica —assistente da Ester — chamou nossa atenção, pois Bia fazia uma *live* no Instagram. Nós nos amontoamos ao redor do celular dela para assistir. Em resumo, ela falou tudo sobre o que tinha acontecido, os comentários de ódio que recebeu, a agressão e o fato de que não sairia da banda enquanto nós existíssemos. Logo que ela desligou, começamos a ligar. Tanto a assistente dela, que estava ali representando-a, quanto nós quatro. Ela não atendeu e, pessoalmente, desisti na segunda tentativa. Iríamos nos encontrar em breve, afinal de contas. Seguimos repassando a agenda dos próximos dias, enquanto as outras insistiam nas ligações. Logo fomos chamadas para nos prepararmos com maquiagem e figurino. Só conseguimos nos reunir na van. Thainá se sentou ao lado dela e imaginei que falaria sobre o assunto.

Chegamos ao local e começamos a cumprir a agenda, passando som e recebendo fãs. Uma hora antes, entramos no camarim para retocar a maquiagem e trocar o figurino. Thainá, Bianca e Paula foram as primeiras a ficarem prontas. Em algum ponto, as duas primeiras saíram da sala. Ester terminou e eu também, logo em seguida. Fui até onde ela e Paula conversavam e perguntei:

— Vocês falaram com a Bia sobre o que conversamos mais cedo?

— Não tive oportunidade. Perguntei a Thainá por mensagem, e ela disse que também não — respondeu Paula.

— Vamos lá, então. Eu falo com ela.

Encontramos as duas no corredor, olhando o celular de Bianca. Parei em frente a ela e pedi para conversarmos por um minuto.

— Precisamos acertar algumas coisas antes de seguirmos com os compromissos… — disse, reticente. Procurava palavras para não ser mal-interpretada. — Aconteceram situações e momentos que não têm mais volta. Acho que conseguimos nos magoar mutuamente… — Respirei fundo, criando coragem para continuar. — Não precisamos falar uma com a outra.

Não precisamos ser amigas. — A última coisa que eu queria era forçar uma amizade falsa. — Vamos apenas nos preocupar em realizar os shows, não faltar nos compromissos da banda e manter o respeito, até Paula precisar se afastar por causa do bebê. Temos um acordo?

Mas não foi assim que ela interpretou. Bianca deveria estar magoada demais comigo, porque sua resposta foi rude e direta:

— Olha, Rai, desculpe, mas é impossível querer um "acordo" quando você foi a responsável por estarmos onde estamos hoje. Era isso que você queria, não era? Sair ilesa dessa situação. Bom, parabéns, você conseguiu. Nossa amizade foi parar no lixo, e é impossível que as Lolas voltem a ficar juntas depois disso. Por causa do seu egoísmo, perdi minhas melhores amigas e sei que vou perder esta banda. Mas é bom saber disso, é bom que todas estejamos de acordo com essa situação. Porque, daqui para frente, a única preocupação que eu tenho é comigo mesma.

Fiquei paralisada, por conta de tamanha raiva que emanava dela, e assisti enquanto se desencostou da parede e saiu de perto de nós. Suspirei, sabendo que tinha saído tudo errado. Ester e Paula também ficaram estáticas, assistindo a Bianca se afastar de nós. Thainá foi a única a se mover e ir ao encontro dela. Não me surpreendeu, porque ela sempre tentou nos manter unidas, resolver as brigas que surgiam no nosso caminho.

Seguimos com os shows pelo interior de São Paulo. Depois, nosso destino era o Nordeste, onde nos apresentaríamos em cidades do Maranhão e do Ceará. Mas, antes, a banda foi chamada para participar do mesmo festival em que a Age 17 era atração principal, e eu já tinha confirmado presença. Seria em Goiânia, com três dias de show. O nosso era na mesma noite da Age, na sexta-feira. O sábado e o domingo eram de música sertaneja, mas nós tínhamos compromissos em outras cidades.

Naquela sexta-feira, acordei com mau pressentimento, uma sensação estranha subindo pelo estômago. Mas sabíamos dos nossos compromissos. O festival era grande e precisávamos passar o dia inteiro no local do evento, a pedido da organização. Fizemos passagem de som, almoçamos em um restaurante próximo e repassamos todo o show em uma sala que disponibilizaram

para nós. Era um *setlist* diferente do que estávamos acostumadas a apresentar, porque o fizemos especialmente para esse dia. Ainda havia o fato de estarmos em um palco que não era o nosso. Levávamos uma passarela dupla, que formava um quadrado na frente do palco. Aqui, a passarela era única, em formato de T. Toda nossa coreografia precisava ser adaptada em algumas partes. Por sorte, não era nosso primeiro festival, então era uma questão de relembrar o que fizemos em outros, não de reaprender.

Os rapazes da Age 17 chegaram no fim da tarde, e a primeira coisa que fizeram foi passar no nosso camarim. Eles eram extremamente gentis e tinham comentado, no show anterior, que gostariam de conhecer as outras Lolas. Estávamos fazendo aquecimento vocal, já que nosso show iniciaria às 19h, em cerca de trinta minutos. O deles estava programado para as 21h30min.

Depois dos exercícios para aquecer, sempre fazíamos uma canção pop *a capella*. Tínhamos escolhido "Dona de Mim", da Iza. A música tinha saído no final de abril, poucos dias antes, mas era emocionante e forte, uma das nossas favoritas no CD. Foi bem nessa hora que os cinco chegaram, silenciosamente, e ficaram assistindo. Depois dos primeiros cumprimentos e apresentações, Noah disse:

— Uau, essa foi demais. Arrepiei. — Apontou para os pelos do braço. Os outros também lançaram palavras de incentivo antes que ele continuasse: — Não vamos atrapalhar a rotina de vocês, prometo. Queríamos apenas conhecê-las. Sabemos que falta pouco para o show.

— Agradecemos por terem passado aqui — Thainá falou. — É uma honra conhecê-los. Ainda temos tempo antes do show, então não estão atrapalhando. Certo, Roger?

— Sim, claro. Vamos aproveitar para fazer aquela foto, logo.

Misturamos os dez integrantes, de ambos os grupos, para realizarmos as fotos. Primeiro a clássica, com um ao lado do outro. Depois, nos apoiamos uns nos outros, fazendo carão. Os fãs surtariam. Tudo ia bem, até que Tuco sugeriu que os rapazes fizessem uma foto apenas comigo, para mais tarde. Foi quase como esfregar na cara das Lolas que eu tinha uma relação com a banda que não as envolvia.

Péssimo.

Elas fingiram bem enquanto estávamos com eles, conversando por alguns minutos, mas fecharam a cara para mim no momento em que os rapazes saíram do camarim. Respirei fundo, engolindo o que queria dizer. Não ia me estressar com elas.

Lembrei-me da sensação ruim que tive ao acordar. Tinha que ser isso. Tinha que ter a ver com esse caso.

Só que não era. Eu estava certa ao pressentir algo ruim, mas errei ao

*Carol Dias*

pensar que simplesmente tinha a ver com a cara feia das garotas por conta da minha carreira solo. Logo que finalizamos o show, precisávamos caminhar por uma parte do estacionamento privativo da equipe, para chegar ao nosso camarim. Eu estava à frente do grupo, celebrando a boa apresentação, e não vi, apenas ouvi o som de quando, do nada, Paula caiu da escada.

Ela estava próxima a um dos nossos bailarinos, que correu imediatamente para acudi-la. Era uma altura baixa, mas, com a gravidez de cinco meses no seu auge, todas ficamos assustadas. Leila, a assistente dela, e Roger levaram-na imediatamente, de ambulância, para o hospital.

Precisei me concentrar para o show da Age 17. Não tivemos notícias dela no período e, honestamente, senti aquilo me atingir. Por mais que o nosso desentendimento fosse grande, longe de mim desejar qualquer mal para ela e o bebê. Tudo o que eu podia fazer era torcer para que ela ficasse bem.

# Décimo

**Professionally messin' with my trust. How could I confuse that shit for love? So I gotta get you out my head now, I just cut you off.**
*Profissionalmente bagunçando a minha confiança. Como eu pude confundir essa merda com amor? Então eu preciso te tirar da minha cabeça agora, acabei de te cortar.*
Cut You Off - Selena Gomez

*13 de maio de 2018*

Fui eleita a destruidora da banda. Aquela responsável por quebrar a confiança do grupo, destruir a amizade e estraçalhar os sonhos de todo mundo.

É claro que eu poderia trazer meus argumentos, calmamente, e mostrar a elas o meu ponto de vista, as coisas que aconteciam comigo, de forma particular, e a culpa delas que eu conseguia enxergar, mas uma pessoa muito inteligente me disse que devemos escolher nossas batalhas. Nesse ponto, as Lolas já me odiavam. Fingiam que não para quem estava de fora, mas elas não me suportavam.

Com a queda de Paula na semana passada, usamos o tempo livre, quando descansaríamos no Nordeste, para repensar as próximas apresentações. O médico ordenou que ela encerrasse as coreografias e que fizesse parte do show sentada. Algumas das nossas coreografias eram clássicas, então decidimos não deixar de fazer. Encontramos uma forma para que Paula ficasse parada nelas, no centro do grupo. Para outras músicas, escolhemos locais no palco para nos posicionarmos, enquanto nossos bailarinos faziam as coreografias sozinhos. Em todas que foram possíveis, decidimos apresentar sentadas. Era o melhor a fazer, principalmente com as datas dos shows fora do país.

Meu pressentimento sobre estas datas no exterior também não era dos melhores. O aconselhável para uma gestante viajar era até 27 semanas de gravidez. Para cumprir toda a agenda, Paula iria até a trigésima primeira. Para os leigos, são sete meses. A partir da vigésima oitava, seria necessário

*Carol Dias*

um atestado médico. Mas, de que adiantaria tê-la viajando conosco, se não estivesse se sentindo bem? A produção estava cuidando disso, acompanhando cada passo. Decidi deixar por conta deles. Não havia nada que eu pudesse fazer.

Ainda havia o receio de estar em um voo de oito horas e o bebê decidir nascer antes do tempo.

Com tantas mudanças surgindo a poucos dias da viagem para fora, decidimos não voltar para casa no feriado do Dia das Mães. Era horrível, mas nossa carreira fazia isso com a gente, quase sempre. Planos precisavam ser reorganizados com muita frequência. Sem contar que, os únicos feriados que eram respeitados nesta banda eram Natal e Páscoa. Mas, dessa vez, dei a sorte de minha mãe poder ir me ver. Meu pai não podia deixar a gravadora, mas ela veio com Guilherme para o Ceará. Os dois chegaram bem na hora que eu estava ao telefone com ele. Ouvi o barulho da porta e sorri ao vê-los entrar, falando somente com os lábios que era meu pai e pedindo para esperarem.

— Dois meses fora, Raíssa. Que porra! Eu não ligo para o que você vai dizer. Deixe de ser burra, deixe de ser idiota! Essa banda está destruindo tudo o que estamos construindo. Se você passar todo este tempo sem trabalhar nas próprias coisas, vamos dar vários passos atrás. E a dublagem do filme? Você precisa trabalhar nas músicas. Eles não vão esperar para sempre.

— Pai, posso conversar com eles e pedir…

— Não seja tão idiota, garota! — gritou, do outro lado. Tenho certeza de que minha mãe ouviu, pois me encarou com os olhos arregalados. — É óbvio que ninguém vai ficar esperando a sua boa vontade por dois meses. Não seja uma inútil.

Virei-me de costas para minha mãe, para que não visse a lágrima que deixei cair.

— Por favor, pai… Não fale assim.

— Assim como? Sendo sincero? Dizendo a verdade? Raíssa, já passou da hora de você crescer. Deixar de ser um estorvo que todo mundo precisa carregar de um lado para outro. Seu irmão Guilherme dá menos trabalho que você.

— É, pai. Por falar nele, Guilherme e minha mãe chegaram. Falo com você depois.

Desliguei. Imediatamente o telefone voltou a tocar, mas coloquei no silencioso e joguei em cima da cama. Nos lençóis macios, ele não faria barulho. Então, fui receber minha família.

Estávamos hospedadas em um hotel em frente à praia. As mães das outras Lolas também vieram, então faríamos um almoço. No restante do

dia, meu irmão e ela aproveitariam as praias e a piscina.

Minha mãe esteve ao meu lado em todos os momentos. Inclusive nos mais baixos, aqueles que eu faço questão de esquecer e não mencionar. Nos mais doloridos, ela segurou a minha mão. Acho que foi por isso que, quando me sentei ao seu lado no parquinho, para vigiar meu irmão, pouco antes de almoçarmos, ela me questionou:

— Quero pedir uma coisa de presente de Dia das Mães.

Olhei para ela, tentando entender. Comprei uma bolsa nova, que pedi para Gui entregar a ela hoje cedo.

— E o que seria?

— Que você me fale a verdade sobre toda essa situação do fim das Lolas. Como isso a está afetando? Qual o papel do seu pai nisso tudo?

O pedido dela pesou dentro de mim. Eu tinha meus motivos para esconder meus sentimentos da minha mãe. Por ser aquela que me tirou do fundo do poço, sabia que precisava me esforçar para que ela não encarasse qualquer momento de tristeza ou uma falta de apetite como recaída. Mas a verdade é que eu estava bem perto de voltar a ser aquilo que mais queria evitar.

Todas as vezes que entrei em guerra com o meu psicológico, perdi. Todas.

Como acreditar que dessa vez seria diferente?

— Não sei se consigo falar sobre isso aqui e agora, mãe. Não sem chorar.

— Então não está tudo bem, né?

Eu neguei.

— Está sendo insuportavelmente difícil. Eu errei, errei muito. Mas estou recebendo golpes de tantos lados que não sei até quando suportar.

Imediatamente, ela segurou a minha mão.

— Filha... — dava para ouvir a dor no tom de voz dela. — Seu pai continua...?

— Sim, mãe. Ele continua me tratando de forma abusiva.

— Abusiva? — Arregalou os olhos para mim. — Filha... Ele...?

— Não, mãe. Abuso emocional. Dói tanto quanto os outros.

— Raíssa... — Suspirou. — Não deixe as coisas pesarem demais. Você precisa dividir o que sente. Voltar para a terapia.

— Não tenho tempo para terapia, mãe. Meu pai preenche cada segundo livre da banda com as coisas da carreira solo.

— Então precisa prometer ser sincera comigo. Conversar. Falar, se precisar de ajuda.

— Não preciso de ajuda — respondi, como um reflexo, para tentar tranquilizá-la. — Eu acho.

Minha mãe puxou minha mão na direção da dela e deu um beijo. Tuco chegou, avisando que estavam todos prontos para o almoço. Nós o seguimos.

Pelo restante da viagem, mamãe manteve seus olhos em mim. Sempre que possível, ela dizia que me amava, que estava ao meu lado para o que eu precisasse.

E eu sabia disso. Só não queria preocupá-la, ainda mais no Dia das Mães.

Foi aí que meu pai ultrapassou a última linha possível.

Na segunda-feira, quando levei minha mãe ao aeroporto, parei para comprar um pão de queijo. Tuco estava sentado a uma mesa, distraído, mexendo no celular. Na hora de pagar, meu cartão de crédito foi recusado. Eu tinha três, na verdade. Os três foram recusados.

— Que droga! Alguma coisa deve ter acontecido — reclamei, puxando algumas notas da carteira. Ao chegar perto de Tuco, fui falar com ele. — Meu cartão acabou de ser recusado.

Coçando a cabeça, ele tirou os olhos do próprio celular.

— Qual deles?

— Todos.

— Puta que pariu… — gemendo, ele esfregou o rosto.

— Luiz Artur Ferreira de Lima… O que você está me escondendo?

Olhando em volta, ele segurou meu braço.

— Conto no carro.

Caminhamos apressados até o estacionamento. Lá, encontramos Tadeu, meu segurança.

— *Desembucha*, Tuco.

— Acho que foi seu pai. Ele disse que ia bloquear seu dinheiro, caso insistisse em sair do país com as Lolas. Não achei que realmente faria isso, mas eu deveria ter esperado.

Tinha dezesseis anos quando assinei meu contrato com as Lolas. Apesar de ter sido emancipada na época, meu pai seguiu como meu responsável financeiro. Isso significa que todo meu dinheiro está numa conta no nome dele. Nunca me importei, porque sempre tive dificuldades com isso. Eles pagavam as minhas contas, e eu sempre podia passar minhas compras

no débito ou fazer saque, porque estava tudo lá.

Depois da notícia de Tuco, fui checar minha conta, que estava totalmente vazia. Esforçando-me ao máximo para não surtar, liguei para o meu pai:

— Ei, o que você fez com o meu dinheiro?

— Passei para a minha conta. Devolvo quando você fizer o que mando.

— Pai! O dinheiro não é seu. Eu tenho 21 anos, não é seu direi...

— Em primeiro lugar, abaixe o tom. Em segundo, pare de agir como uma criança mimada. Se decidir voltar para casa, Tuco vai comprar sua passagem. Se decidir fazer a burrice de seguir a turnê com as Lolas, dê seu jeito, mas não vai ver um centavo. Se não sabe tomar decisões corretas sobre a sua carreira, não deve ter acesso a nenhum dinheiro. Temo que você o desperdice, como quer fazer com a própria vida.

— Inacreditável. Você é inacreditável, pai! — Desliguei o telefone, furiosa. Em seguida, liguei para minha mãe. Pelo horário, o voo dela ainda não tinha partido. — Você disse que eu deveria pedir ajuda, então aqui estou — falei, logo após o "alô".

— O que houve, filha?

— Meu pai me roubou! Ele cancelou meus cartões de crédito e tirou todo o dinheiro da minha conta pessoal.

— O quê? Ele fez mesmo isso?

— Sim, mãe.

— E disse o motivo?

— Para eu não viajar com as Lolas. Ele quer que eu fique em casa, desista da banda e foque exclusivamente na carreira solo.

— Mas você tem um contrato para cumprir, Rai.

— Eu sei, mãe. Mas ele acredita que consegue convencer a gravadora de que serei mais lucrativa fora da banda.

— Não interessa. Ele não tem direito de fazer isso! Espere. Vou ligar para ele. Não, melhor. Quando eu chegar ao Rio, vou falar com ele. Por enquanto, diga para o Tuco pagar suas coisas e pedir reembolso para o seu pai.

— Ok, mãe. Vou falar com Roger também.

— Não, ainda não. Vamos resolver essa briga entre nós. Qualquer coisa, falamos com ele.

Nem dez minutos depois, Igor me ligou.

— Ei, sua mãe pediu para eu falar com você quando pudesse. Disse que você estava com problemas com seu pai e que poderia precisar de mim.

Ah, mãe...

— Não quero encher você com essas coisas, Igor.

— Ei, você sabe que estou aqui para isso. Ouvir seus dramas e xingar quem quer que seja.

Precisava dividir isso com alguém e, já que se prontificou, vamos lá:

*Carol Dias*

— Acredita que ele bloqueou meus cartões de crédito e tirou todo o dinheiro da minha conta pessoal?

— O quê? Como assim? — questionou, assustado. — Ele tem esse tipo de acesso?

— Sim, todo meu dinheiro está no nome dele. Nós assinamos quando eu tinha 16 anos, e ele é meu responsável financeiro. Nunca me preocupei que ele faria algo assim.

— Rai! Que perigo!

— Tenho um total de 20 reais na carteira, e esse é todo o meu dinheiro no momento.

— Olha, entre na primeira agência bancária pela qual você passar no caminho e abra uma conta, pelo amor de Deus. Vamos garantir algo a que ele não tenha acesso. Depois, a gente vai brigar para ter o controle do seu dinheiro de volta.

— Minha mãe está voltando para casa, ela disse que vai conversar com ele.

— Quais foram os motivos para isso?

Terminei de contar toda a história para ele. Ficamos irritados juntos, xingando meu pai. Abri uma conta em um banco digital. Quando encerramos a ligação, ele me fez uma transferência de 20 mil reais.

Não pedi, nem precisava. Quando questionei pelo WhatsApp, ele apenas me mandou ficar quieta e pagar depois.

Sentei-me para a reunião com as Lolas, irritada, bufando. Furiosa. Mesmo me vendo nesse estado de humor, Ester resolveu fazer uma piadinha.

— Finalmente, a incógnita da banda se juntou a nós. Achei que era dessa vez que você sairia em definitivo.

— Olha, estou *muito* estressada hoje, não quero brigar.

— Uuhh, logo ela não quer brigar — Bianca ironizou.

— Chega! Vocês dizem que eu sou Judas, a traidora, aquela que quer destruir a banda, mas não sabem de nada. Não se interessam pelas coisas pelas quais estou passando. Não sabem o quanto estou me esforçando. Já combinamos de nos respeitar, então me respeitem. Se não fosse a droga da multa enorme, eu teria mesmo deixado esta banda, só para não ter mais que lidar com vocês. Cansei. Fiz merda? Magoei vocês? Falei o que não deveria? Sim, mas não há nada para fazer agora. Sigam o baile. Vamos em frente. Inferno!

Elas me encaravam assustadas, como se não esperassem a explosão.

Segurei as pontas até o fim da reunião, mas tudo o que eu queria era ficar sozinha. Quando finalmente pude voltar para o meu quarto, liguei por vídeo para Igor. Ele tinha tirado o dia de folga, então eu sabia que não o atrapalharia. Com uma cerveja ao lado, meu amigo segurava um violão.

— Pegue uma caneta aí e vá escrevendo. Compus um negócio para você.

Ele cantou e tocou, enquanto eu copiava a letra freneticamente, adicionando alguns pontos. Chorei, mas também senti meu coração ser acariciado com cada palavra. Igor falava das minhas dores, cada uma delas, mesmo que não as conhecesse. Enquanto eu olhava nos seus olhos do outro lado da tela, era como se ele soubesse. Ele as conhecia, mesmo que eu não as verbalizasse.

# Décimo Primeiro

**Rain came pouring down when I was drowning. That's when I could finally breathe.**
*A chuva caiu forte quando eu estava me afogando. Foi aí que eu pude finalmente respirar.*
Clean - Taylor Swift

*17 de maio de 2018*

Mesmo com a insistência da minha mãe, meu pai não devolveu meu dinheiro e minhas contas. Era uma loucura pensar que isso estava acontecendo comigo. 21 anos, uma carreira musical gigante, passaporte todo carimbado e uma conta no banco com 20 mil reais emprestados, que eu não tinha nem previsão de como pagaria.

Insisti no meu plano com a banda. Se eu desse para trás agora e fizesse o que meu pai queria, além de gerar um desconforto que poderia causar minha expulsão definitiva da banda, seria como abaixar a cabeça para ele, como fiz a vida inteira. Eu não morava mais com meus pais e trabalhava para pagar minhas próprias contas.

Segui o conselho de Igor nesse sentido. Se eu queria viver por mim mesma e não passar mais por esse tipo de situação, precisava separar a minha carreira do meu pai. Esse era o primeiro passo. Até poderia deixar que produzisse as músicas, apesar de ele não recomendar, mas meu dinheiro e carreira precisavam ser geridos por alguém que não tinha nenhum relacionamento pessoal comigo. Ainda mais o tipo de relacionamento que eu tinha com meu pai.

Ele sempre foi assim. Seu tratamento rude e grosseiro não era exclusividade minha. As pessoas que trabalhavam para ele o temiam, minha família o conhecia. Para os de fora, Barbieri era um homem duro, que respeitava seus músicos e era sempre honesto. Para os de dentro, essa postura se tornava abusiva. Nosso relacionamento foi difícil desde que nasci, mas essa era a única paternidade que eu conhecia. Aos quinze, no meu pior mo-

mento, sua influência fez de mim alguém cada vez mais fechada, mergulhada nos próprios sofrimentos. Minha psicóloga, por anos, tentou me fazer entender o peso que meu pai tinha sobre os meus problemas psicológicos.

Mas eu sempre me vi presa a ele. Em primeiro lugar, presa ao respeito que a paternidade me obrigava a ter. Em segundo, ao dinheiro e privilégios que seu nome trouxe para nossa família. Mesmo depois dos 18, quando já ganhava minha própria grana, eu me via presa ao fato de ele ser "meu pai". Não conseguia enxergar o tanto que me fazia mal.

Acho que ali, aos 21, finalmente vi meu pai como ele era. Em questão de meses, ele já tinha prejudicado minha banda, mulheres que eram minhas grandes amigas, de diversas maneiras. Há tempos, ele dizia o tanto que elas me atrasavam. Perguntei-me, naquele momento, quanto dos seus discursos me serviu de influência, no meio do percurso, para tratar as Lolas do jeito que eu tratava.

Agora, como ele viu que prejudicar os outros não estava gerando o efeito desejado em mim, resolveu atingir a própria filha.

Não que eu fosse materialista nem nada do tipo, mas obrigar-me a fazer sua vontade, tirando todo meu dinheiro de mim, era demais. Poderia aprender a viver com pouco, mas, da forma como estava, eu viveria com *nada*. Era impossível, para mim, explicar o que aquilo significou. Como aquilo me impactou. Eu só sabia que precisava mudar. Precisava me impor. O primeiro passo para isso era me abrir.

Bati à porta de Roger, torcendo para que ele estivesse desocupado.

— Raíssa? Tudo bem?

— Você tem alguns minutos? Preciso de ajuda.

Acho que ele viu no meu olhar que havia algo de errado, porque abriu a porta, apressado.

— Ari, você se importa de nos dar um minuto? — pediu para a assistente de Bianca, que estava sentada à mesa do quarto, digitando algo no computador.

— Claro — recolhendo suas coisas, ela saiu em menos de trinta segundos.

Sentei-me em uma poltrona que havia no quarto, e ele puxou a cadeira na minha direção.

— Tudo o que vou contar aqui precisa ficar entre nós dois, Roger.

— Rai... — Ele me encarou, sério. — Sabe que faço qualquer coisa por vocês. Luto contra quem tiver que lutar. Diga o que está havendo.

— Antes de me inscrever para o programa e entrar para as Lolas, eu tinha passado pelo período mais difícil da minha vida. Quando tinha doze anos, vi um filme de uma garota que tinha anorexia e se automutilava — comecei a contar, sem conseguir encará-lo. — Era horrível. Eles retrata-

ram toda a história dela, de forma irresponsável, e eu enxerguei naquilo uma fuga para os problemas que eu tinha em casa e para as coisas pelas quais estava passando. Sofri *bullying* na escola, meu pai era extremamente abusivo. A maneira que encontrei para lidar com toda a dor que sentia era por meio dos cortes que fazia no pulso. — Fui tirando as pulseiras para que ele visse. — Depois disso, vieram os distúrbios alimentares. Fui uma criança bulímica, que achava que estava gorda demais e fazia de tudo para emagrecer. Comia feito louca, de tudo, depois me culpava por isso e vomitava. Aos quinze, passei a tomar remédios. Laxantes, diuréticos... Minha mãe comprou remédio para emagrecimento, uma época, e eu roubei alguns deles, escondida.

Olhando para Roger de relance, ele parecia uma pedra. Sério, concentrado. Quando viu que precisei de uma pausa, incentivou:

— Continue.

— Então, dos doze aos quinze anos, eu sofria pressões externas; estava mentalmente desestabilizada, comia para compensar, vomitava, sentia culpa, e me cortava para tentar lidar com a dor. Eu estava presa nessa cadeia, de uma forma violenta. Até que, um dia, fui ridicularizada na escola e meu pai disse que a culpa era minha, pela forma como os outros alunos me tratavam. Que eu era uma idiota, que era um desperdício do nome e da capacidade da família Barbieri. Meus distúrbios alimentares já tinham ido longe demais e, da bulimia, evoluí para anorexia. Atingi meu limite naquele dia e descontei nos cortes. Estava fraca por ficar abaixo do peso, passei mal, fui parar no hospital. Quando vocês me conheceram, eu estava tratada, ia ao psicólogo, controlada. Aos 16 anos, eu estava bem.

— Mas não está bem agora, não é? — apontou.

Sem conseguir segurar por mais tempo, as primeiras lágrimas rolaram. Roger acertou bem no ponto.

— Meu pai não melhorou uma vírgula de lá para cá, mas aprendi a lidar com ele. Só que toda essa situação com a banda está acabando comigo. Ele queria que eu deixasse a banda, mas insisti que poderia fazer projetos solo e cantar com as garotas, ao mesmo tempo. Então, ele está plantando mentiras e fofocas para tentar nos separar. Tem sido a fonte da imprensa na maioria das matérias difamatórias que saíram recentemente. O tempo inteiro eu tenho tentado dar o meu melhor e lidar com essa situação como posso. Só que essa semana, na segunda-feira, ele cortou todo meu acesso a qualquer tipo de dinheiro, até que eu abandone a banda e volte para casa.

— Ele é seu responsável financeiro até hoje?

Assenti.

— Não achei que faria algo como isso. Não pensei que... não pensei que iria tão longe.

— Abusadores não conhecem limites, Rai. Abuso psicológico é tão grave quanto qualquer outro. Você precisa cuidar da sua saúde mental. Está conseguindo tempo para ver sua psicóloga?

Neguei, sentindo uma tristeza profunda.

— Achei que conseguiria lidar com tudo sozinha.

— Eu entendo. — Esticou a mão e segurou as minhas. Seus dedos resvalaram nas minhas cicatrizes. — O que você quer que eu faça para ajudar? Sei o que quero fazer, mas quero ouvir de você.

— Quero parar de depender dele. Quero me encontrar novamente. Mas, não sei mais… Não sei o que quero.

O choro veio com mais força, fazendo meu corpo tremer. Roger me puxou para os seus braços, acalmando-me pouco a pouco.

— Vamos ver com a gravadora para colocá-la como responsável financeira — sussurrou no meu ouvido. — Depois, vamos encontrar uma empresa para gerenciar seu dinheiro com responsabilidade. — Afastando-nos, ele continuou falando, olhando nos meus olhos agora. — Também acho que você precisa de um assessor, ou uma equipe, que cuide dos seus interesses pessoais. Das músicas que você quer lançar, do que quer fazer fora da banda.

— Gosto do Tuco.

— Mas ele trabalha para o seu pai.

Tuco sabia que meu pai sumiria com meu dinheiro, mas não me disse nada. Roger estava certo.

— Não sei nem por onde começar.

— Se você gosta de Tuco, talvez possamos contratá-lo, mas ele teria de se demitir da empresa do seu pai. Vamos conversar sobre isso, mas não prometerei nada. Seguiremos assim pelos próximos meses. Quando a banda parar, pela gravidez da Paula, vamos conversar novamente. Pensar no seu futuro. Mas, o mais importante nisso tudo… Preciso do telefone da sua psicóloga. Vamos marcar consultas online ou seja lá o que for necessário. Vou lidar com a parte burocrática e afastar seu pai da sua carreira, mas preciso que você esteja bem para aguentar o que a vida vai trazer.

Infinitamente mais calma, deixei a emoção me tomar. Avancei na direção dele novamente, abraçando-o e dizendo "obrigada" freneticamente.

Gratidão. O sentimento foi tomando meu coração, encontrando espaço. Quando saí do quarto dele, minutos depois, era tudo o que eu tinha.

## Juntos, Raíssa Barbieri e Age 17 batem recorde das Lolas
*Parceria dos artistas é a faixa mais pedida nas rádios brasileiras*

Parece que nossa Destiny's Child brasileira já tem a sua Beyoncé! Antes mesmo de ter um fim anunciado na banda, a primeira Lola a lançar projetos fora da *girlband* alcançou marca expressiva recentemente: essa é a 12ª semana da faixa na primeira colocação entre as mais pedidas nas rádios aqui do Brasil. O recorde de onze semanas era das Lolas, com a primeira música de trabalho do último álbum.

É um número ainda mais importante para a *boyband* britânica, que ainda não tinha nenhum *single* a atingir o primeiro lugar no país. Sem dúvidas, essa parceria foi boa para ambos os artistas; ainda mais para nós, fãs de música boa.

Você deve estar se perguntando o que me motivou a escrever algo tão profundo e sincero. Bom, a resposta é simples: minha terapeuta sugeriu que eu escrevesse cartas contando o que estava sentindo, as coisas que mexiam comigo, o que preciso trabalhar. Percebi que a única forma de tirar do meu peito as dores que me afligiam era essa. A ordem em que você as lê, provavelmente, não é a que escrevi. Escrevi todas à mão e guardei em uma caixinha, então acabei misturando tudo. Ainda não terminei de colocar tudo no papel, acho que nunca vou parar. Fui descobrindo o quanto isso me fazia bem, o quanto escrever era terapêutico. Algumas das cartas doeram mais para ser escritas do que outras, algumas possuem destinatário certo... Sinto que preciso apenas colocar tudo no papel e, quem sabe, talvez algum dia o mundo veja isso.

ATENÇÃO, FÃS DAS LOLAS!

Conversamos com membros da equipe e eles esclareceram algumas das nossas dúvidas. Segue a thread para acompanhar. (+)

Sim, as meninas passarão a fazer todos os shows sentadas a partir de agora. O palco vai sofrer algumas adaptações por causa disso, mas a gravidez da Paula restringiu um pouco os movimentos delas. (+)

Por conta disso, o corpo de baile das meninas vai aumentar, para garantir as coreografias que tanto amamos e a energia do show. (+)

Sobre novas datas, fomos informados de que não havia nada planejado. Haverá uma reunião das meninas após o nascimento do bebê, para discutir os próximos passos. Isso NÃO significa o fim da banda, não surtem. Elas apenas planejarão como serão as coisas. (+)

Todas as Lolas amam estar no grupo e não pretendem sair, como a mídia está especulando. Fiquem CALMAS, meninas. (+)

No entanto, algumas das Lolas podem lançar músicas solo neste período. Raíssa foi a primeira, com a parceria com a @Age17, mas a gravadora dará apoio caso as outras desejem novos projetos. (+)

No mais, só podemos TORCER e apoiar as meninas, seja como integrantes solo ou como Lolas. Estaremos aqui por elas. Qualquer novidade, voltaremos para contar a vocês.

Carol Dias

Essa carta vai diretamente para você, pai.

Senti que precisava escrever e tirar do peito algo que há tempos me machuca. Eu o amo, pai, sempre vou amar. Parece que existe um espaço diferente no nosso peito para os nossos pais. Não sei explicar bem. Não importa o tanto que vocês nos façam mal, o espaço continua lá, preenchido por vocês.

Mas vou trancar a sua parte e não mexer mais nela. Alimentar um relacionamento com você me fez mal por anos e anos, pai. Você me pressionou para ser quem você queria, do jeito que queria. E isso abalou meu emocional de milhares de formas. Tive problemas para me alimentar, para socializar com outras pessoas. Fiz cortes no meu corpo, dos quais me arrependo amargamente. Não quero mais isso.

Meu amor por você continuará existindo para sempre, assim como meu respeito. Mas quero distância. Preciso de distância.

Sinto muito.

# Décimo Segundo

**Never have I ever met somebody like you. Used to be afraid of love and what it might do, but goddamn, you got me in love again.**
*Nunca na vida eu encontrei alguém como você. Eu costumava ter medo do amor e do que ele poderia fazer, mas, caramba, você fez eu me apaixonar de novo.*
Love Again - Dua Lipa

*12 de agosto de 2018*

Os portões da casa se abriram no momento em que o motorista entregou minha mala. Ao longe, vi a silhueta da mãe do Igor parada à porta.

— Oi, minha filha — saudou-me, mesmo à distância, enquanto eu arrastava minha mala pelo caminho de pedras.

— Oi, tia Nena — respondi, abraçando-a.

— Fez boa viagem?

Assenti.

— Estou um pouco cansada pelo voo longo, mas vou sobreviver.

Ela me beijou na cabeça e pegou a mala da minha mão.

— Igor caiu no sono no sofá. Está cansado também. Arrumamos o quarto de sempre para você. Suba lá, que eu vou chamá-lo.

— Obrigada, tia.

— Vou pedir para ele levar sua mala, não se preocupe.

Nem reclamei. Era muito difícil dizer não para a mãe do Igor. Ela fazia o que queria. No andar de cima, parecia até que eu estava em um quarto de hotel: a banheira estava ligada, terminando de encher. Havia também um roupão pendurado. Passei uns vinte minutos lá, apenas relaxando, mas ouvi vozes no quarto, então resolvi não esperar mais. Já me sentia relaxada o suficiente também.

No quarto, Igor estava deitado na cama, vendo TV. Ele sorriu ao me ver e bateu na cama, ao lado dele. Fui até lá, sendo puxada para os seus braços.

— Foi mal não buscar você.

— Esqueça isso. Você também chegou de viagem, eu estava em Guarulhos. Pegar um carro para cá era algo bem mais simples.

*Carol Dias*

— Ok, então — ele suspirou. — Aproveitou seu banho?

— Sim. Sua mãe é um anjo.

— Ela mandou um lanche também. Misto-quente e suco.

— Acho que só quero dormir, mas vou aceitar.

— Ótimo. Então somos dois com sono. Quer trocar de roupa? Ela tirou um pijama da sua mala e levou o restante das roupas para lavar.

Todos sabíamos que ela não era obrigada a nada disso, mas não adiantava questionar.

Fui até o banheiro para colocar o pijama e, na volta, comi o lanche que ela trouxe. Depois, deitei-me ao lado dele. Dormimos rapidamente, mesmo sendo 7h20min da manhã. Havia muita gente lá fora, iniciando o dia, mas a segunda-feira de quem fazia shows costumava ser assim mesmo: um dia de muita preguiça.

Quando levantei, horas mais tarde, Igor tinha deixado um bilhete e uma margarida sobre o travesseiro que usou.

> *Encontre-me perto do lago quando acordar.*

Minha mala já estava no quarto, com algumas roupas limpas que restavam. Separei algumas e entrei no banheiro.

Lá fora, dava para ver Igor deitado em uma manta na beira do lago. Pela posição e o ritmo da respiração, estava dormindo. Não havia dúvidas de que ele faria isso o dia inteiro. Aproximei-me sem fazer barulho, parando ao lado de uma árvore para absorver a paisagem. O lago, o homem preguiçoso que me aguardava... Havia coisas boas na vida, aquelas que nos faziam perceber a beleza que era viver.

Igor só se moveu quando sentei ao seu lado.

— Deitei aqui faz dez minutos e já dormi. Porra, tô muito cansado.

— Entendo bem.

— Mas vou ficar acordado, porque quero conversar com você sobre uma coisa.

Um milhão de assuntos passou pela minha cabeça, mas o meu coração sabia exatamente qual era.

— Quem foi que falou?

— Roger. E sua mãe. Nenhum dos dois entrou em detalhes, apenas disseram que você precisava de ar puro por tudo que aconteceu. Sei que está lidando com coisas pessoais, tenho uma ideia do que seja, mas não quero forçá-la a falar. Só estou aqui para que saiba que não está sozinha e que nunca vou deixá-la.

Era bom ter o lago à nossa frente, porque nós dois olhávamos para ele. Ficava mais fácil.

— Minha adolescência foi um pesadelo, para ser completamente honesta com você. Meu pai é abusivo desde cedo e acabou com meu psicológico em diversas situações. Faz isso até hoje, como você já presenciou. Também sofri *bullying* na escola, o que acabou com a minha autoconfiança. Fui bulímica, anoréxica. Não posso ficar sem minhas pulseiras, porque até hoje tenho as marcas dos cortes que fiz, já que a automutilação era uma forma de transformar em dor física e controlável algo que eu sentia rasgar no meu peito. Aos quinze anos, atingi meu ponto mais baixo. Achei que, quando entrei nas Lolas, já tinha superado tudo isso e estava pronta para encarar qualquer coisa que surgisse. Infelizmente, tem sido mais difícil do que eu pensava.

Igor assentiu na minha pausa.

— Para ser honesto, não sei bem como lidar com isso, Rai. Não sei o que dizer a você, o que fazer para melhorar as coisas. Quero fazer perguntas, mas elas parecem ser idiotas e inapropriadas.

— Pergunte o que quiser. Se eu não estiver confortável, não responderei.

— Por que você se cortava? Não era para…

Mesmo que ele não tivesse conseguido completar, eu sabia exatamente o que queria perguntar.

— Não, minha vontade não era de me matar. As pessoas pensam isso de quem se automutila, mas na maior parte dos casos não tem nada a ver. No dia em que perdi o controle das coisas, o que mais me deixou nervosa foi o fato de que havia muito sangue e eu estava aterrorizada, com medo de morrer. Nunca quis isso. A sensação da lâmina na pele era mais fácil de lidar do que qualquer uma das coisas que estavam na minha mente, por isso eu me cortava. Queria muito viver, só desejava que fosse mais simples do que realmente era.

— Você ainda se corta?

— Não mais… Quer dizer, houve uma vez ou outra ao longo dos anos, mas não como antes. Minha psicóloga diz que vou enfrentar isso por toda a vida, porém tenho que ser forte. Também uso este elástico — puxei-o para que Igor visse —, que é bem menos prejudicial e me ajuda a focar em vários momentos.

— Há muito tempo não ouço você falar sobre terapia. Ainda está indo?

— Voltei nos últimos meses. Desde que meu pai me roubou, pedi ajuda de Roger e ele colocou como condição obrigatória que eu retornasse para as consultas. Sabia que precisava de ajuda, então não foi nenhuma dificuldade. Mas só conversamos por telefone, videochamada. Ainda não consegui ir ao consultório dela.

— O que posso fazer realmente para ajudar, além de segurar a sua mão e dizer que estou aqui por você?

— Acho que isso é o principal. — Dei-lhe um sorriso singelo. Igor devolveu, entrelaçando os dedos nos meus. — Mas também pode me ajudar a criar metas para a carreira solo. Agora que não dependo mais do meu pai para nada, tenho uma reunião com Roger, Tuco e um executivo da gravadora, para traçar planos.

— Ótimo, essa é a minha especialidade. Também posso ajudar a compor para um álbum foda, que vai sentar no número um de vendas, e nem guindaste tira de lá.

Deixei uma risada escapar, pelo esforço dele em aliviar a conversa.

— Você teria minha gratidão eterna, se fizesse isso.

— Seria legal, mas gosto de fazer coisas que conquistem sua gratidão com certa frequência. Não é bom estacionar em um relacionamento e deixar de fazer coisas boas para o outro.

Um sino tocou dentro de mim com a palavra "relacionamento". Ultimamente, estava difícil separar meus sentimentos por Igor. Sempre me senti muito à vontade com ele, mas as batidas do meu coração ganhavam um ritmo diferente sempre que estávamos por perto. Na minha imaginação de compositora, elas se ajustavam às dele. Como se nossos corações realmente batessem feito um só.

Deixei meu rosto se aproximar do dele sem que nenhum dos dois percebesse. Mas não chegamos a nos tocar, porque o grito de tia Nena cortou todo o clima.

— Venham almoçar, crianças!

Passei a semana seguindo Igor. Terça ele tinha compromissos na agenda, quarta também, mas na quinta saiu para fazer shows. Tentei não ficar no caminho, principalmente quando tinha que fazer alguma entrevista ou gravação, mas nos divertimos boa parte do tempo. Conseguimos encontrar alguns dos seus amigos, comer em um restaurante e sair para beber depois do show de sábado.

Mas a segunda-feira chegou e a realidade bateu à minha porta. Sentei-me

em uma sala de reunião, com Igor ao meu lado. Tuco, que foi facilmente convencido a trabalhar para mim e deixar meu pai, colocou-se do outro lado. Roger estava à minha frente, com James, da gravadora.

— Rai, sendo sincero e direto — começou James —, falando em nome da gravadora, nós pensamos em propostas para você e as outras Lolas. Queremos mantê-las com a gente, tendo em mente que a banda não é mais uma opção. Mas, antes de colocar qualquer carta na mesa, quero ouvir de você, saber se tem algo em mente.

— Tenho. Igor veio por isso, traçamos alguns objetivos.

— Ótimo, vamos ouvir — respondeu Roger.

Contei tudo sobre a estratégia que eu tinha bolado. Havia várias músicas prontas no meu repertório, para colaborações. Meu primeiro passo seria encontrar artistas relevantes que quisessem gravar comigo. Depois que meu nome estivesse circulando em participações, eu queria um EP de cinco faixas: uma em inglês, uma em espanhol e três em português. Todas elas estavam escritas, mas não gravadas. E contavam uma história que poderia ser interpretada como a de uma mulher que deixou um relacionamento que não fez bem para ela, mas que, na verdade, relatava como tinha sido, para mim, passar por tudo o que sofri na adolescência, até os dias de hoje.

Só depois disso eu gravaria um álbum. Era uma boa maneira de mostrar meu potencial para a gravadora: primeiro com as parcerias, depois com o EP — muito mais barato de produzir —, e por último com um álbum completo, quando a probabilidade de tudo isso dar bons resultados era maior.

Roger ficou feliz ao ver o que eu tinha planejado, e James deu o ok da gravadora. Eles prepariam um contrato de um EP e dois álbuns, com possibilidade de expansão de acordo com os resultados. Juntos, Roger e Tuco procurariam artistas que se encaixassem nas faixas, de acordo com o que Igor e eu preparamos.

Pediram para eu encontrar um produtor para trabalhar nas músicas. Normalmente, iria diretamente ao meu pai ou ao Davi, que é o produtor favorito das Lolas. Mas não poderia recorrer a nenhum dos dois agora. Igor me levou de carro para o estúdio de um amigo, que era o produtor de um dos álbuns dele.

— Não estou dizendo que você precisa gravar tudo com ele a partir de agora, sabe? Mas temos que fazer as demos das parcerias. Chris é muito bom e está com uma sala do estúdio livre.

— Tenho certeza de que vou gostar dele, se você gosta.

O estúdio era em um prédio a quinze minutos do meu apartamento, o que parecia um verdadeiro sonho. Quando chegamos, ele avisou que estava terminando de trabalhar em algumas faixas, mas que logo viria ficar conosco, e nos deixou com o estúdio. Igor sabia mexer nos equipamentos, mas

sentamos no chão da cabine de gravação e começamos o planejamento.

— Acho que posso gravar com você aquelas que vamos oferecer para a parceria, mas a que pensamos na voz feminina não deve ficar tão boa. Talvez Chris tenha alguém, alguma *backing* por aqui.

— Concordo. Vamos fazer primeiro, então, as masculinas, depois a gente pensa nessas. Mas, antes, quero fazer um convite para você.

Tirou os olhos do caderno com as músicas e encarou-me. O cabelo, que precisava de um corte, caiu por cima dos seus olhos, e esforcei-me para não colocá-lo no lugar. A vontade era grande.

— Que convite?

— Você aceitaria produzir o EP? Acho que só confio em você para me ajudar a contar o que quero, a minha visão sobre o que eu passei...

— Rai, não sou produtor.

— E não precisa fazer isso sozinho. A gente pode escolher alguém em quem você confia, mas quero que esteja envolvido.

Um sorriso lento surgiu nos lábios dele. Não consegui ler o que acontecia na mente dele. Parecia impossível decidir se era um sorriso de "sinto muito, não vai rolar" ou de "seria uma grande honra". Minha mão foi involuntariamente para o cabelo dele, colocando-o no lugar, deixando-me ver seus olhos. E a mão permaneceu lá, descendo pela maçã do seu rosto. Depois, ele a segurou por alguns segundos, preso ao mesmo olhar que eu estava.

— Antes de dizer sim ou não, preciso contar algo a você. — Sua expressão ficou séria. — Tenho essa filosofia de não me envolver com ninguém que viaje tanto quanto eu, porque sei o pesadelo que seria. Sua agenda ser tão lotada quanto a minha facilitou muito para que eu enterrasse dentro de mim coisas que sinto desde a primeira vez que pus meus olhos em você. Se as coisas mudarem e eu passar a me envolver tanto na sua carreira, passar tanto tempo ao seu lado fisicamente, preciso ter certeza dos seus sentimentos.

— O que você está dizendo, Igor?

— Se houver a mais remota possibilidade de você sentir qualquer coisa romântica por mim, preciso saber.

Eu poderia mentir, dizer que não sentia nada, que não o via daquele jeito. Nós riríamos da situação e seguiríamos com a amizade que tínhamos. Mas as coisas estavam diferentes para mim, nos últimos tempos, e ter Igor como uma rocha sólida ao meu lado era o que me mantinha em frente. Não seria justo, para nós, se eu mentisse ou desviasse do assunto.

— Não sei o que sinto, Igor, de verdade. Há alguns meses, se você perguntasse, eu diria um não direto, faria piada, mas não é assim que me sinto.

— Segurando suas duas mãos, coloquei uma no meu coração e a outra no

dele. — A sensação que eu tenho é de que eles  se encontraram e agora batem juntos, na mesma sintonia. Não sei explicar de onde veio isso, mas...

— Não precisa — cortou-me. — Há coisas que a gente não consegue mesmo explicar, como o que vou fazer agora. Pode me bater depois.

Então seus lábios tocaram os meus. Para ser honesta, nunca fui do tipo que se distrai com facilidade e que perde a linha de pensamentos, mas lá estava eu. Totalmente deslocada no espaço, no tempo, na vida. Inteiramente perdida na boca macia que parecia ter sido feita para encontrar a minha.

Senti Igor se afastar abruptamente e, mesmo perdida, notei que Chris estava do outro lado do vidro. Sorria para nós, como se soubesse exatamente o que estava acontecendo.

Mesmo que eu não fizesse ideia do que se passava.

# Décimo Terceiro

**I'm proud of who I am. No more monsters, I can breathe again. And you said that I was done. Well, you were wrong and now the best is yet to come, 'cause I can make it on my own and I don't need you. I found a strength I've never known.**

*Sou orgulhosa de quem eu sou. Sem mais monstros, eu posso respirar novamente. E você disse que eu estava acabada. Bem, você estava errado e agora o melhor ainda está por vir, pois posso fazer isso sozinha e não preciso de você. Encontrei uma força que eu desconhecia.*

Praying - Kesha

*22 de agosto de 2018*

O estúdio de filmagem estava mais escuro do que eu esperava quando cheguei. Puxei o celular, olhando as horas. Sim, eu estava no horário. As luzes do corredor estavam apagadas, e só era possível ver o que acontecia por conta da grande janela à esquerda.

—Tuco, tem certeza de que a gente deveria entrar? Parece não ter ning...

Ele empurrou a porta de uma sala, dando espaço para que eu entrasse. Do lado de dentro, a luz se acendeu e um grito de "surpresa" surgiu, junto das vozes cantando parabéns.

Foi completamente inesperado, mas a sensação era incrível. Nas últimas semanas, combinamos que minha próxima música de trabalho seria uma parceria com Igor. Enquanto gravávamos a demo, ficou bem claro que uma das músicas se encaixava perfeitamente. Procurar outro artista parecia burrice. Começamos a trabalhar a todo vapor para colocar a música à disposição, porém a agenda dele estava bem cheia. O dia livre que tivemos para gravar o clipe era o meu aniversário. Só não contava que haveria uma festa no set de filmagem.

A galera do estúdio, minha equipe pessoal e a do Igor estavam lá. Ele também. Não havia mais ninguém conhecido, mas tocava meu coração que tivessem tirado um tempo para me surpreender. Era apenas uma mesa

com bolo, docinhos, e balões com as letras RB presas na parede, mas foram suficientes para colocar um sorriso no meu rosto novamente. Aquilo me fazia sentir bem.

Agradeci a todos, de forma geral, e partimos o bolo. Teria que ser rápido, porque só tínhamos aquele dia para gravar, mas eu simplesmente não conseguia tirar o sorriso do rosto.

Há poucas semanas, minha cabeça começaria a calcular automaticamente quantas calorias havia no glacê e o que teria de fazer de exercício para queimar tudo aquilo. Mas, dessa vez, não dava para me focar em nada do tipo. Sentia-me feliz por finalmente fazer as coisas por conta própria. Por fazer o que eu amava.

— Ei... — disse Igor, aproximando-se.

Não conversamos sobre o beijo que trocamos no estúdio. Nem no que demos quando ele me deixou em casa. Nem no que rolou no carro, uma semana depois, quando nos encontramos para gravar os vocais finais do *single*.

— Oi, sumido — respondi, tentando aliviar o clima.

— Feliz aniversário! — Aceitei o sorriso e o abraço que veio em seguida. Ele permaneceu com as mãos na minha cintura, mantendo-nos juntos. — Vamos ficar assim para eu falar com você, no meio de toda essa gente, sem que suspeitem de nada. — Demos risinhos constrangidos. — Posso levar você para jantar mais tarde?

— E se estivermos cansados da gravação?

— Então eu levo você até a varanda do seu apartamento e dividimos uma pizza. Só quero um tempo a sós.

— Tudo bem. Vou esperar ansiosa.

— Tenho outra coisa para dizer — avisou, colocando uma mecha do meu cabelo no lugar. — Tem certeza de que um clipe romântico é o melhor agora?

— Definitivamente, não. A internet vai encontrar provas de que temos um relacionamento há anos. Vão tirar teorias de todos os lugares.

Ele suspirou.

— E você está pronta?

— Melhor do que fazerem teorias sobre o fim das Lolas.

Rindo, ele me soltou.

— Não vou dar beijo técnico — sussurrou.

— Não esperava que desse.

*Carol Dias*

Ficamos gravando até o anoitecer. Demos muita sorte, porque a cena final foi gravada em um apartamento próximo ao estúdio, mas o diretor queria pegar a luz do fim da tarde na janela. Geralmente, gravávamos a cena várias vezes. Nessa, tivemos apenas duas oportunidades. Teria que servir.

Tuco me abordou no estacionamento, enquanto Igor pedia um Uber.

— O envelope chegou para você na gravadora. — Entregou-me, saindo em seguida.

Era um tom pastel de rosa, com meu nome escrito em verde. Essas eram duas cores que, na minha cabeça, não conversavam em nada, mas ali ficou muito bonito e delicado.

— O que é isso? — perguntou Igor.

— Um convite. Não sei para quê.

Puxando o papel de dentro, descobri ser um convite para o chá de bebê da Paula. Junto, havia um pequeno bilhete escrito à mão. Retirei para ler primeiro.

Oi, Rai.

Nas últimas semanas, pensei muito no que aconteceu este ano. Nas nossas brigas, nas intolerâncias e nos desentendimentos. Mas pensei também no antes. Em tudo que vivemos em todos esses anos, nas vezes em que busquei você por conselhos e apoio. Nos momentos incríveis que dividimos, trabalhando pelos nossos sonhos.

Não quero perder as Lolas. Não quero perder você. E não falo só da girlband incrível que nós somos, mas no grupo de amigas. Se vamos subir em um palco novamente, eu não sei, mas seria um prazer poder esclarecer as coisas e tentar reconstruir nossa amizade. Se você puder ao menos me ouvir, adoraria recebê-la no chá de bebê.

Por favor, venha.

Com amor,

Paula.

O Uber chegou assim que terminei de ler. Sequei as lágrimas rapidamente, mas Igor percebeu. Seu rosto se franziu enquanto abria a porta para mim. Do lado de dentro, ele digitou algo no celular e me mostrou. Fazía-

mos muito isso quando havia outras pessoas no carro, para não termos gente de fora se envolvendo nos nossos problemas. Ainda mais no Uber, que os motoristas são superfofoqueiros.

> O que houve? Para que é o convite?

Não respondi, apenas deixei que ele lesse o bilhete da Paula.

Ficamos em silêncio pelo resto do caminho. Igor fez reservas para nós dois em um restaurante na Praia da Barra. Enquanto conversava com o *maître*, meu telefone tocou. Era minha mãe.

— Feliz aniversário de novo, Rai.

Meu relacionamento com a minha mãe era uma questão de esforço. Em boa parte do tempo, ela não me dava o apoio que eu esperava. Queria que ela fosse mais presente, que estivesse mais atenta, que demonstrasse mais sentimento, mas ela nunca foi assim. Afeto sempre foi um tópico complicado.

Desde a situação no Dia das Mães, ela vinha sendo bem mais ativa. Intercedeu por mim na situação com meu pai, evitou que eu precisasse falar com ele, diversas vezes, e ligou com frequência para saber como eu estava. Talvez ela pudesse fazer mais, porém não consigo julgar. Assim como ele era difícil comigo, também era com ela. O abuso que eu sofria também a atingia. De maneira diferente, afinal, estão juntos até hoje. Pensando por esse lado, preferia que ela o deixasse.

— Obrigada, mãe.

— Terminou a gravação? Foi tudo bem?

— Sim, deu tudo certo. Igor está me levando para jantar, acabamos de chegar ao restaurante.

— Mande um beijo para ele. — Ouvi a voz do meu pai ao fundo, sem conseguir entender. — O quê? Sim, estou falando com ela. Não, não vou passar. Não, não.

— Mãe? Tudo bem?

— Raíssa. Onde você está? — meu pai questionou, bravo.

Não houve nenhum sinal de que lembrava que dia era hoje.

— Oi.

— Onde você está? — repetiu a pergunta. — A que horas você chega?

— Chegar? Aonde?

— Em casa. Estou esperando para o jantar.

— Vou jantar com Igor, não vou à sua casa.

— Por que não? Sua mãe não avisou que faríamos o jantar pelo seu aniversário?

Não, ela não avisou.

*Carol Dias*

— Agradeço, mas tenho planos. Pode passar de volta para minha mãe?

— Planos? Não brinque, Raíssa. Cancele a droga dos planos, limpei minha agenda para isso. Venha para casa agora.

— Pai, é meu aniversário. Posso escolher como comemorar?

— Vai trocar sua família por um jantar com Igor? Traga-o.

— Não quero, pai. Ficar perto do senhor acaba com minha saúde mental. Há anos isso vem acontecendo, na verdade. Sinto que todas as minhas piores decisões este ano foram tomadas sob sua influência. Não quero mais isso. Preciso andar com minhas próprias pernas.

— Não diga tanta bobagem, Raíssa.

— Pai, uma amiga minha foi agredida e precisou ir ao hospital por conta das suas atitudes mesquinhas. As Lolas, que sempre foram meu maior motivo de alegria e orgulho, se separaram por sua causa. Todas as coisas que me obrigou a fazer, a pressão que colocou sobre mim… tudo isso é culpa sua. Não vou mais ter esse tipo de relação com o senhor e estou pensando seriamente em expor suas atitudes. Então, por favor, passe o telefone de volta para minha mãe, ou vou desligar.

— Não vire as costas para sua família agora, garota. Eu a coloquei onde está e posso tirar a qualquer momento.

— Sinto muito, pai. Pode ser que seu nome seja grande na indústria, mas participei daquele *reality show* por conta própria. Vencemos por sermos boas, não porque o senhor votou ou pediu favores. Não tente fazer da nossa luta uma vitória sua. Cansei de abaixar a cabeça por medo da sua reação, para manter um bom relacionamento entre nós. Sua paternidade me faz mais mal do que bem, por isso preciso cortar relações. Principalmente, no dia do meu aniversário. Agora, passe para a minha mãe.

Ele voltou a reclamar e xingar ao telefone, então desliguei. Estava trabalhando com a psicóloga, há tempos, para esse confronto. Sabia que precisava cortar as relações enquanto ele me fizesse mal, e ela me orientou a ser forte e precisa. Sentia, naquele momento, que fiz um bom trabalho.

Só percebi a presença de Igor quando ele me abraçou. Depois, disse que veio me chamar para entrar, porque nossa mesa estava pronta, e escutou a conversa toda. Dentro do seu casulo protetor, senti-me protegida.

— Essa mensagem da Paula, junto à briga com meu pai… acho que foi demais para mim.

Igor beijou minha testa, devagar. Depois meus olhos, meu nariz, e deu um rápido selinho nos lábios.

— Vamos entrar. Conversar sobre isso, se quiser. Comer. Celebrar seu aniversário. Fazer planos. Não deixe seu pai roubar isso de você.

## Raíssa Barbieri, das Lolas, está namorando Igor Santti
*Casal foi flagrado em restaurante na Barra da Tijuca*

Parece que os fãs da *girlband* Lolas e do músico Igor Santti podem finalmente comemorar. Após repetirem, por anos, que eram apenas amigos, os artistas foram vistos hoje (22), aniversário da moça, do lado de fora de um restaurante. Na imagem divulgada por *paparazzi*, os dois surgem abraçados, em clima de romance. Clientes do restaurante confirmaram ter visto os dois conversando "como um casal apaixonado", no interior do local.

Fontes afirmam que o relacionamento é recente e que os dois não esperavam divulgar tão cedo, mas que estão experimentando para ver aonde o sentimento pode levá-los. Nós torcemos muito para que RaIgor dê certo! Abaixo, você confere algumas das imagens divulgadas.

# Décimo Quarto

**Is it too late now to say I'm sorry? Yeah, I know that I let you down.
Is it too late to say I'm sorry now?**
*É tarde demais para pedir desculpa? É, eu sei que te decepcionei. É tarde demais para pedir desculpa?*
Sorry - Justin Bieber

*8 de setembro de 2018*

Três semanas depois, minha agenda estava cheia. Lotada.

A imprensa entendeu o novo *single* com Igor como a confirmação de que as Lolas tinham chegado ao fim, mesmo que nenhuma de nós tenha falado a respeito. Nosso discurso continuava sendo o de uma pausa por conta da gravidez da Paula. Eu me perguntava até quando conseguiríamos mentir.

Coloquei em uma balança o que eu queria daqui para frente *versus* o que pretendia manter fora da minha rotina. Um relacionamento com as Lolas ficou na segunda opção. Machucamos tanto umas às outras que não conseguia acreditar que uma simples conversa resolveria nossos problemas.

Naquela manhã, quando Tuco repassou minha agenda e questionou se eu iria ao chá de bebê, a resposta foi simples: não. Havia tanta coisa na minha agenda para fazer… Voar para o Rio de Janeiro não era uma delas.

Estava passando a semana em São Paulo, gravando para alguns programas e canais de YouTube. O clipe com Igor saiu ontem, e a recepção entre os fãs foi incrível, principalmente porque serviu para alimentar todos os rumores de relacionamento entre nós.

O rápido selinho que ele me deu fora do restaurante, no dia do meu aniversário, foi registrado por um *paparazzo*. O clique rodou a internet naquela noite, enquanto nós dois nem sabíamos que relacionamento teríamos. No dia seguinte, quando Tuco quis saber se estávamos juntos e o que diríamos, ficamos sem ter o que dizer. Percebemos, com o tempo, que era difícil dizer se algo mudou. Quer dizer, além da parte física. Sempre fomos

muito carinhosos, adeptos do contato físico, mas passamos a fazer mais do que simplesmente abraçar. Toda a questão emocional, preocupar-se com o outro, conversar frequentemente e querer fazer coisas juntos já estava resolvida, porque, como amigos, sempre fizemos isso.

Mas imagino que era tudo novo para os fãs. Eles viram o vídeo e criaram suas *fanfics*. A minha favorita era a que, durante a gravação do clipe, as chamas da paixão acenderam entre nós e foi impossível evitar o desejo iminente.

A verdade, mesmo, era: Igor não me pediu em namoro, então não estávamos namorando. Esperava que acontecesse em breve, apesar disso.

Minha gravadora era no Rio, mas havia um escritório em São Paulo. Eles me emprestaram uma sala para fazer as entrevistas de divulgação do *single*, já que era mais fácil do que ir de um lado para outro para encontrar a imprensa. Na tarde daquele sábado, eu tinha duas gravações e várias entrevistas escritas para portais de internet. A última era com uma *youtuber* de entrevistas que eu adorava e já tinha encontrado várias vezes. Eu mesma pedi para ela, antes de gravarmos, para que não perguntasse sobre o fim das Lolas. Disse que era chato responder sobre isso, que minha resposta era a mesma de sempre e que contaria a ela caso algo mudasse. Como boa repórter, ela concordou. Durante a entrevista, perguntou sobre a banda, mas não tocou no assunto "término". Mesmo assim, um dos questionamentos que ela fez parecia inofensivo, mas me colocou para pensar muito seriamente.

— Memória favorita com as Lolas.

Precisei parar para pensar de verdade. Eu tinha *tantos* momentos incríveis ao lado daquelas quatro mulheres, que era difícil citar um só. Em questão de segundos, várias pipocaram na mente. Tanto os mais profissionais, como vencer o programa, os *singles* que foram número 1 nos Estados Unidos, shows lotados fora do país, quanto os mais pessoais, como a noite em que fiquei bêbada pela primeira vez, em um hotel em Milão, logo que fiz dezoito anos, ou quando fugimos de Roger em Orlando e passamos o dia na Disney.

Elas não eram apenas colegas de banda, eram as minhas melhores amigas. Perdi contato com as poucas pessoas que eu conhecia da escola, mas me conectei com as quatro no momento em que disseram que nos queriam como uma *girlband* e nos entreolhamos.

E eu tinha estragado tudo no momento em que joguei na cara delas as suas maiores dores. Se qualquer uma tivesse usado minhas doenças ou os problemas com meu pai para me atingir, não sei o que teria feito. Provavelmente surtado mais do que as quatro fizeram, juntas.

Paula estava nos dando uma chance de corrigir isso, e eu estava jogando fora.

Respondi qualquer coisa para a pergunta, alguma memória pessoal fofa que não constrangesse ninguém. Quando terminamos, puxei Tuco para um canto.

— Preciso ir ao chá da Paula.

— O que? — Olhou-me, espantado. — Você não disse que não queria ir?

— Sei o que eu disse, mas mudei de ideia.

— Rai... São quatro da tarde. O chá é às seis. No Rio de Janeiro.

— O aeroporto fica a quinze minutos daqui. Tem que haver algum voo. Ele bufou.

— Tem certeza disso? — Depois que assenti, ele puxou o celular do bolso. — Deixe-me ver o que consigo fazer.

Ele conseguiu um voo, mas o embarque começaria em vinte minutos. Diferentemente de outros lugares, quando era ponte aérea Congonhas – Santos Dumont, os embarques levavam quarenta e cinco, trinta minutos. Por sorte, ele estava com o carro lá, então saímos imediatamente e ele voou pelas estradas. O trânsito de São Paulo dificultava tudo, mas estávamos muito, muito perto mesmo. Consegui chegar ao portão quando a última fila de passageiros entrava.

Tuco ficou e eu fui, com a roupa que tinha trabalhado o dia inteiro e sem nenhum presente. Consegui resolver o problema da vestimenta ao pousar, já que havia um shopping no Santos Dumont, mas o presente do bebê eu teria que ficar devendo.

No caminho, Igor me ligou:

— Vai ficar em São Paulo até segunda? Ia para a casa da minha mãe, mas posso ficar na capital com você.

— Acho que estarei lá, sim, mas... — Respirei fundo, porque tinha certeza de que ele me chamaria de maluca. — Acabei de pousar no Rio, para ir ao chá de bebê da Paula.

— Uau — disse, surpreso. — Não faz duas horas que você me disse que estava na gravadora.

— Sei disso. Tuco conseguiu uma passagem no último segundo, no pior lugar do avião. Mas tive um momento de reflexão durante a entrevista hoje à tarde. Pensei na minha amizade com as meninas, no tanto que fomos importantes umas para as outras. No meu papel em destruir o que tínhamos. Acho que preciso disso, Igor. Deste reencontro. Essa última tentativa de fazer funcionar.

— Entendo completamente, meu amor. Estou orgulhoso por toda a sua trajetória nos últimos meses, sabe? Do tanto que você cresceu.

— Também estou orgulhosa de mim. Não só me afastei do meu pai, mas consegui cuidar de mim mesma antes que precisasse voltar aos hábitos antigos, coisas que me faziam muito mal. Errei muito com as meninas, mas acho que estou pronta para corrigir, perdoar. Espero que elas também.

— Tenho certeza de que estarão.

Minutos depois, chegamos ao condomínio de Paula. Fui guiando o motorista, mas na rua dela já dava para ver onde era. Não pelos carros estacionados, mas pela decoração no portão.

Usando um vestido verde, a dona da casa deve ter notado que eu estava chegando, pois parou ao portão. Seu olhar era preocupado. Desci do carro, agradecendo ao motorista. Quando ela me encarou, dei um pequeno sorriso. Seu rosto se aliviou. Caminhei em sua direção, sem saber o que fazer direito. Torcendo para não ser rechaçada, puxei-a para um abraço. Mesmo com a barriga no caminho, ela me segurou com força. Todos aqueles meses de brigas e desavenças pareciam escorrer pelos meus membros para fora do abraço. Meu coração batia ansioso, rezando para que as coisas melhorassem dali para frente.

— Perdão, Paula. *Me* perdoe.

Fungando, ela balançou a cabeça e respondeu:

— Vamos entrar.

# AGRADECIMENTOS

É até um pouco difícil começar isso aqui.

Escrever estas duas histórias foi um desafio enorme. Talvez até maior do que os dois primeiros. Depois do lançamento deles, na Bienal, fizemos uma pesquisa para entender que situações eram as maiores dificuldades dos jovens hoje em dia. Uma das mais citadas foi a automutilação e os distúrbios alimentares. Mesmo sem saber como, naquele momento, eu tinha certeza de que precisava adicionar isso nesta série.

Preciso agradecer a cinco pessoas por segurarem a minha mão em todo esse processo: Déborah, Érika, Sueli e Paula, que vivem o dia a dia da construção dos livros, e Marlon, que faz uma leitura quando está quase tudo pronto e me ajuda a perceber coisas que não passaram pela minha cabeça. Juro, nesta história vocês se superaram. Foi incrível. Obrigada pelo apoio, pela sinceridade e pela motivação.

Os meus leitores também têm sido fundamentais. Muito, muito obrigada pelo apoio com a série, os pedidos de mais histórias, as resenhas e indicações. Vocês são lindos demais.

Quero dedicar as próximas linhas para agradecer a Wanessa Ribeiro de Souza, uma professora e pedagoga perfeita, que trabalha com jovens, e me acompanhou nos eventos de divulgação do primeiro livro, ano passado. Sério, Wanessa, você foi incrível. Ter você ao meu lado me passou segurança e me fez acreditar que eu estava no caminho certo. Espero que estas histórias toquem você tanto quanto as outras.

Por último, meu agradecimento é para as pessoas incríveis que formam a família The Gift Box. Rô — que me apoia, confia em mim, puxa minha orelha e me cobra com amor —, Naná, Soso... vocês são TUDO!

Amo vocês, galera, até a próxima!!

# Playlist
# Nos Seus Olhos

Nos seus olhos - Nando Reis
Sua mãe vai me amar - Turma do Pagode
Só por uma noite - Charlie Brown Jr.
Gelo - Melim
A boba fui eu - Ludmilla feat. Jão
People You Know - Selena Gomez
Pushin' Me Away - Jonas Brothers
Hipnotizou - Melim
Run to You - Lea Michele
Lose you to love me – Selena Gomez
Wasabi - Little Mix
Vulnerable - Selena Gomez
The Scientist - Coldplay

Ouça no Spotify:

# ℘LAYLIST
# ℘ERDOA

Perdoa - Anavitória
Kill 'Em With Kindness - Selena Gomez
Melhor Eu Ir - Péricles
Believe In Me - Demi Lovato
Stone Cold - Demi Lovato
Breakaway - Kelly Clarkson
Échame La Culpa - Luis Fonsi feat. Demi Lovato
Lonely – Demi Lovato
Linda - Projota feat. Anavitória
Hoax - Taylor Swift
Cut You Off - Selena Gomez
Clean - Taylor Swift
Love Again - Dua Lipa
Praying - Kesha
Sorry - Justin Bieber

Ouça no Spotify: